Einen Apotheker – wozu brauchts denn den?

Claus Witte

Einen Apotheker –
wozu brauchts denn den?

Erlebnisse und Reflexionen eines Apothekers

Bibliografische Information der Deutschen Nationalbibliothek:

Die Deutsche Nationalbibliothek verzeichnet diese Publikation
in der Deutschen Nationalbibliografie; detaillierte bibliografische
Daten sind im Internet über http://dnb.dnb.de abrufbar.

Satz, Umschlaggestaltung, Herstellung und Verlag:
BoD – Books on Demand, Norderstedt

ISBN: 978-3-7494-9178-0

Inhalt

⊘ Vorwort: Aus meinem Leben – eine Autobiographie in Episoden

In meinen Aufzeichnungen möchte ich ein Netz von persönlichen, sozialen und zeitgenössischen Bezügen knüpfen, von Leitbildern mit einem dazwischen erlebten Leben.

Diese sollen keinen Lebenslauf darstellen. Vielmehr ist es meine Absicht, Ereignisse, Begegnungen und Empfindungen eines Berufslebens darzustellen, die sich mit vielen gesellschaftlichen Aktivitäten überschnitten, und, im Stil der heutigen Zeit ausgedrückt, vernetzt haben. Es soll aber auch dargestellt werden, wie der Beruf des Apothekers, der diejenigen, die ihn ergreifen, auf Grund der Bandbreite seiner Ausbildung eher zum Generalisten als zum Spezialisten macht, meinem Leben Prägung und Lebensinhalt gegeben hat.

Ich möchte meine Erlebnisse als Apotheker meiner geliebten Frau Gudrun und meiner Familie widmen. Sie haben mich verständnisvoll, aber auch oft positiv kritisch begleitet. Dafür möchte ich mich mit diesem Buch bedanken.

Erlebnisse eines Apothekers – das kann doch nichts Besonderes sein, mag so mancher Zeitgenosse denken. Wozu brauchts denn den? Dieser Aussage muss ich zustimmen, wenn die Beurteilung von einer Person kommt, die in einer öffentlichen Durchschnittsapotheke die oberflächlich wahrnehmbaren Abläufe des Abgebens von Arzneimitteln beobachtet. Dabei steht hinter dem Beruf des Apothekers, wenn er denn seine von der Gesellschaft erwarteten Aufgaben im Gesundheitswesen umsetzt, viel mehr! So beinhaltet die Ausbildung zum Apotheker in der Tat viele Nuancen, die der später in diesem Beruf Tätige nutzen kann. Die naturwissenschaftlich-universitäre Ausbildung zum Apothekerberuf eröffnet viel mehr Chancen, als es so mancher Zeitgenosse wahrnimmt. Diese Chancen habe ich genutzt. Wie, das möchte ich in den folgenden Episoden beschreiben.

☯ Episode 1

Herkunft, Hintergründe, frühe Kindheit, die Kriegswirren

Ich wurde als erster Sohn des Apothekers Claus Witte und seiner Ehefrau Herta am 25.09.1938 in Schraplau im Kreis Querfurt im heutigen Sachsen-Anhalt geboren und wuchs mit zwei Geschwistern auf. Der Ort Schraplau ist weitgehend unbekannt. Er liegt am Röblinger See in der Nachbarschaft der Stadt Querfurt, die Historikern und geschichtlich interessierten Menschen durch eine der ältesten romanischen Burgen in Deutschland, die sich hier befindet, bekannt ist. Sie liegt im Stammgebiet der ottonischen Kaiser in unmittelbarer Nachbarschaft zum Mansfelder Land. Dieses ist durch seinen ehemaligen Kupferschieferbergbau bekannt.

Dieser Bergbau prägte bis zu seiner Einstellung Land und Leute. Große Abraumhalden, landwirtschriftliche Flächen und die Perle, der Süße See, machen das Landschaftsbild aus. Hier verlebte ich meine Freizeit bei Wassersport, Bootsfahren und frühen botanischen Ausflügen. Das Zentrum ist die Lutherstadt Eisleben. Sie ist der Geburts- und Sterbeort von Martin Luther, ein Zentrum der Reformation und seiner geschichtlichen Folgen.

Die Lebensart der Bergleute, die bis zu 750 Metern unter Tage schufteten und von den Normen des Arbeiter-und-Bauern-Staates DDR getrieben wurden, deren Einstellung zum Leben und ihre Hobbys prägten das Leben der Bewohner dieser Gegend, das auch mich erfasste. Ja, es gab auch mir, noch als Kind und später als Jugendlicher, persönliche Vorgaben mit auf den Weg.

Als ich ein Jahr alt war, zogen meine Eltern beruflich bedingt nach Gerbstedt. Mein Vater pachtete dort zunächst die »Adler-Apotheke«. Die Stadt war eine typische Bergarbeiterstadt, umgeben von großen landwirtschaftlichen Gütern mit ihren großbäuerlichen Besitzern. Das Stadtbild der etwa 12 000-Einwohner-Stadt war dominiert von den typischen Häusern der Bergarbeiter und deren Hobbys. Hier erlebte ich dann auch im Alter von sieben Jahren den Zusammenbruch des Hitlerreiches.

Zogen zunächst die geschlagenen deutschen Landser und Verwundeten in endlosen Kolonnen durch unseren Ort, ihnen folgten auf dem Fuße die Amerikaner, die vorübergehend unseren Landstrich einnahmen. Sachsen-Anhalt und Thüringen wurden für kurze Zeit von ihnen besetzt und schließlich mit den Russen gegen Berlin ausgetauscht. Anschließend erlebten wir den Einmarsch der Roten Armee mit all ihren Folgen.

Was sich dort in einer Art Zeitraffer abspielte, ist mir in vielen Details in Erinnerung geblieben. Bewusst oder auch unbewusst haben diese meine späteren politischen und gesellschaftlichen Einstellungen vorprogrammiert.

War der tagelang laufende Rückzug der geschlagenen deutschen Truppen durch unsere Stadt für uns Kinder lediglich ein traurig zu beobachtendes Ereignis, bedeutete der nachsetzende Einzug der Amerikaner und ihrer Hilfstruppen etwas ganz Anderes und Neues!

Zum ersten Male sahen und erlebten wir Kaugummi

kauende, bewaffnete und auch farbige Soldaten. Amerikanische Offiziere, häufig ehemalige deutsche Emigranten, sprachen mit uns Deutsch. In der väterlichen »Adler-Apotheke« traf sich sodann alles, was jetzt etwas zu sagen hatte. Es war scheinbar die einzige übrig gebliebene und unverdächtige Kontaktstelle. Polnische, ukrainische und sonstige Hilfstruppen im Gefolge der Amerikaner suchten nach bestimmten Nazigrößen des Ortes, aber auch nach einfachen und wertvollen Dingen des Lebens. Schmuck, optische Geräte, Waffen und sonstige Wertsachen waren das Ziel der Begierde. Sie wurden konfisziert und zum Teil vor unseren Augen öffentlich auf dem Marktplatz durch darüberrollende Panzerfahrzeuge vernichtet. Was für ein Schauspiel für uns Kinder, was für ein Entsetzen für die Erwachsenen! Ein besonderes Interesse galt eventuell verborgenen Alkoholika, die man in größeren Mengen in unserer Apotheke vermutete und akribisch suchte. Der Name »Adler-Apotheke« war zusammen mit dem Symbol eines vergoldeten Adlers über der Eingangstür angebracht. Dieser geriet alsbald unter Beschuss, war es doch das Hoheitszeichen und Symbolfigur des Nazireiches.

Andererseits hatten wir mit den Amerikanern ein großes Vergnügen, wenn wir von diesen mit Eierpfannkuchen, Kaugummi und Schokolade überhäuft nach Hause kamen. So weit meine ersten Kontakte mit Amerikanern.

»Die Russen kommen!«

So lautete das Lauffeuer der Gerüchte in der Stadt. Und sie kamen tatsächlich. Durch die Übereinkunft der Siegermächte über Nazi-Deutschland wurden die Länder Sachsen-Anhalt und Thüringen als Ausgleich für Berlin der zukünftigen sowjetischen Besatzungszone zugeschlagen. In unser Städtchen zogen und durchzogen es nun tagelang russische Truppen mit deutschen Beuteautos, in denen jetzt russische Offiziere saßen, sowie kleinere gepanzerte Fahrzeuge und die für Russland typischen von Pferden gezogenen Panje-Wagen. Unendlich lange Fußtruppen, einfache Soldaten unterschiedlicher Herkunft mit kahl geschorenen Köpfen, teilweise mit Bajonett bewaffnet, füllten die Straßen unserer kleinen Stadt. War dieses zunächst äußerlich und offensichtlich dem nun verlorenen Krieg geschuldet, läutete es die Wende ein. Eine Wende, die den zukünftigen Arbeiter-und-Bauern-Staat DDR noch nicht erahnen ließ.

Auf Grund der Tatsache, dass in Gerbstedt und Umgebung neben dem alles beherrschenden Bergbau auch große landwirtschaftliche Güter existierten, waren über persönliche Rachegefühle und eine gewisse Neidbefriedigung von so manchen Mitbürgern hinaus erste gesellschaftliche Umwälzungen vorauszusehen und diese nahmen nun ihren Lauf. Unter den Bergarbeitern existierte eine starke kommunistische Zelle. Diese war mit einer anderen Zelle in der Stadt Kriwoi Rog im russischen Bergbaugebiet Donez im Geheimen verbunden. Als äußeres Zeichen dieser Verbundenheit existierte bereits seit den 20er Jahren eine Fahne, die die Gerbstedter Zelle aufbewahrte. Mit dem Herausholen und Aufstellen dieser Fahne wurde ein Signal und Fanal für eine neu hereinbrechende Zeit in unserer näheren Umgebung gesetzt. Als Kind von sieben Jahren und aus Unterhaltungen meiner Eltern bekam ich, für mich heute noch unerklärlich, von diesen Ereignissen vieles mit. Dabei ist die Rolle meines Vaters für mich in diesem Zusammenhang unerklärlich. Ich kann darüber nur Vermutungen anstellen. Diese gehen in verschiedene Richtungen. Eines steht aber fest: Er war von vielen unangenehmen Dingen, die nun kommen sollten, offensichtlich nicht betroffen. Er blieb unter den Nazis, da er als Apotheker die Gesundheitsversorgung der Bevölkerung sicherstellen musste, vom Kriegseinsatz und den durch die Kommunisten angezettelten Säuberungen verschont. Ja, er wirkte sogar als Vermittler zu den wechselnden Besatzern. So gingen erst einmal amerikanische Offiziere in unserem Haus ein und aus. Nach deren Abzug folgten Vertreter der russischen Kommandantur mit ihren deutschen Helfershelfern, Kommunisten und Sozialdemokraten. Mein Vater wurde sogar später SED-Mitglied. War er ein gerissener Schauspieler, ein sich gut tarnender, anpassungsfähiger oder sogar berechnender Mensch? Diese Fragen gaben mir später viele Rätsel und auch Zweifel auf. Eine Antwort bekam ich jedenfalls nie. Meine Vermutungen bleiben.

Eine große Rolle spielte in dieser wirren Zeit eine Familie Brosowski, die als Kommunisten unter den Bergarbeitern aktiv führend war. Im Nazireich wohl deshalb verfolgt, sahen sie nun ihre große Chance gekommen. Ein Sohn war meines Wissens später aktiv im Wachregiment Dzierzynski des DDR-Staates tätig. Er soll hier sein Soll an kommunistischer Treue übererfüllt haben, hörte man später.

Neben diesen für mich erinnerlichen Kommunisten und deren Mitläufern verkehrten auch überzeugte Sozialdemokraten in unserem Hause, die mir heute noch vom Auftreten und Namen her in positiver Erinnerung geblieben sind. Alle hatten wohl vor, gemeinsam nach ihren Vorstellungen das neue Deutschland aufzubauen, und engagierten sich entsprechend.

Auffällig war für mich aber, dass einige dieser Aktivisten plötzlich verschwanden bzw. nicht mehr erschienen. Später erfuhr ich, dass die Sozialdemokraten in von den Sowjets errichtete Lager oder in reaktivierte KZs gebracht worden waren und nur zum Teil wieder auftauchten, allen voran der inzwischen sozialdemokratische Landrat.

Es sollte mir später dazu ein entscheidendes Licht aufgehen, das dann auch meine politischen Einstellungen bestimmte. Die Zwangsvereinigung von SPD und KPD mit der Unterdrückung der Sozialdemokraten war so entsetzlich, dass ich die späteren Kontakte und Annäherungen der SPD an die SED nie verstanden habe und auch heute noch auf das Schärfste verurteile! Die Kungeleien unter gleichberechtigten Partnern, das heißt die Etablierung zweier deutscher Staaten und Verneinung einer Wiedervereinigung Deutschlands auf Grund der gegebenen Tatsachen konnte ich einfach nicht begreifen. Zum Glück lief die Geschichte dann ab 1990 anders.

⦿ Episode 2

Die DDR entsteht

Ein sogenannter erster Arbeiter-und-Bauern-Staat auf deutschem Boden entsteht in immer schnelleren Zügen, offensichtlich praktisch und taktisch gut vorbereitet, auch im Mansfelder Land, mit all seinen Folgen. Nachdem die Kommunisten alle ihnen nicht folgenden Sozialdemokraten und andere »reaktionäre Kräfte« ausgeschaltet hatten, liefen die Geschehnisse zunächst auf lokaler Ebene in unserem Städtchen Gerbstedt ab und breiteten sich mosaiksteinartig in der gesamten sowjetischen Besatzungszone, so nannte man dieses Gebiet, fortlaufend nach Plan aus.

Bot sich doch gerade, durch seine Struktur bedingt, dieser Landstrich zur Demonstration des Sieges des Proletariats über die Kapitalisten an. Vom Berg- und Hüttenwesen industriell und einer Landwirtschaft im Großmaßstab geprägt, war er die ideale Spielwiese für die Bildung eines Arbeiter-und-Bauern-Staates. Die bis dahin im Untergrund agierende kommunistische Zelle unter den Bergleuten gab eine ideale Plattform für den nun beginnenden Klassenkampf her. Die Besitzer der Bergwerke und Hütten wurden enteignet und mussten verschwinden. Man nannte sie »Schlotbarone«. Daraus entstand schließlich das Mansfelder Kupferschieferbergbau-Kombinat. Die Besitzer von Gütern und größeren landwirtschaftlichen Betrieben wurden als »Krautjunker« tituliert und über Nacht enteignet. Ihre Höfe wurden in kleine Parzellen aufgeteilt und Vertriebenen und Flüchtlingen, die als sogenannte Neubauern bezeichnet wurden, zur landwirtschaftlichen Nutzung im Kleinen zur Verfügung gestellt. Mit den übrig gebliebenen »Bürgerlichen«, im sozialistischen Sprachgebrauch »Bourgeoisie« genannt, also selbstständigen Handwerkern, Kaufleuten etc., wusste man außer einer gewissen Kaltstellung nicht viel Konkretes anzufangen. Es galt auf Biegen und Brechen alle zu Arbeitern und Bauern zu machen. Alle anderen wurden, wenn sie sich nicht offen zu diesem neuen Staat bekannten, zunehmend als Klassenfeinde bezeichnet und bis zur Aufgabe denunziert.

So hatte man nun theoretisch eine neue Klasse geschaffen. Aber es fehlten zur »Vollendung« dieses Zieles noch ein paar, ohne die es wohl nicht ging und die man auch brauchte. So wurden Wissenschaftler, Ärzte, Ingenieure, Apotheker, Techniker und auch einige Lehrer zu einer eigenen Gruppe zusammengefasst. »Schaffende Intelligenz« nannte man sie. Mit entsprechenden Einzelverträgen ausgestattet, wollte man diese bei der Stange halten, um schließlich gemeinsam den angestrebten und beglückenden Sozialismus in der Gesellschaft zu erreichen.

So gehörte auch mein Vater zu dieser bevorzugten Gruppe und ich durfte damit als Nicht-Arbeiter-und-Bauern-Kind die höhere Schule besuchen. Mit diesen neuen gesellschaftlichen Lösungen wurde alles passend gemacht und der Weg zum sozialistischen Menschenbild geebnet. Allen anderen Kindern wurde somit der Zugang zu einer höheren Bildung verweigert. Sie mussten sich andere, nicht gewollte Berufsbilder suchen.

Spätestens aber am 17. Juni 1953 wurden alle eines anderen belehrt. Dieses geschah dann gerade im Mansfelder Land sehr nachhaltig.

⊖ Episode 3

Kindheitserinnerungen, erste Hobbys

Trotz der tiefgreifenden Umwälzungen erlebte ich zusammen mit meinem Bruder eine sorgenfreie Kindheit. So verbrachte ich in meiner Freizeit, die noch nicht wie heute üblich von den Eltern zeitlich getaktet war, viele freie Stunden auf den benachbarten Bauernhöfen, sobald die Schulaufgaben gemacht waren. Gespanne und ihre Pferde waren mein Ein und Alles! So konnte ich diese häufig selbst fahren und erkannte sie ohne Sichtkontakt am Hufschlag und der Gangart der Pferde auf dem Basaltpflaster. Dieses Straßenpflaster war typisch für die Gegend. Stammte es doch aus dem Abraum des Bergbaus und war so für die Bergwerke gewinnbringend. Die Lanz-Bulldog-Traktoren machten ob ihres typischen Motorengeräusches –es klang wie »tocktocks« – auf mich einen nachhaltigen Eindruck, der bis heute anhält. Auch das Zuschauen beim Einsatz der von gewaltigen Dampfmaschinen gezogenen Vielscharpflüge auf den riesigen Feldern ist für mich unvergessen.

Das elterlich unbeaufsichtigte »Stromern« in Feld und Flur und auf den Abraumhalden mit Freunden war, aus heutiger Perspektive gesehen, ein gewisser Grad von Freiheit und Selbstständigkeit für uns, der allerdings auch so manche körperliche Blessur hinterließ.

Jäh abgebrochen wurde dieses alles durch die nun folgenden Enteignungen in der Landwirtschaft. Die großen Ländereien wurden aufgelöst, in kleine Flächen parzelliert und sogenannten Neubauern übereignet. Erst später erkannte man diesen wirtschaftlichen Unsinn, enteignete dieses Land wieder und gründete dann gegen so manchen heftigen Widerstand große landwirtschaftliche Produktionsgenossenschaften, LPGs genannt. Aus heutiger Sicht eine Ironie des Schicksals. Zusätzlich wurden die herrschaftlichen Gutsgebäude – zum Teil regelrechte Schlösser – in Heime, Wohnungen und öffentliche Einrichtungen wie Rathäuser umgewandelt und baulich entsprechend vernachlässigt.

Wenn ich bereits von den Hobbys der Bergleute gesprochen habe, dann war dieses überwiegend das Züchten von Tauben. Dieses ergriff mich zunehmend. Meine Eltern bedrängte ich, mir auf dem Dachboden einen Taubenschlag einzurichten, selbst Tauben zu halten und auch züchten zu dürfen. So hielt und züchtete ich Tauben der Rassen Strasser und Bernburger Kröpfer. Selbstverständlich nahm ich auch an Ausstellungen teil und errang so manche Preise. Die Taubenzucht, abgerundet mit einer Zucht von Zwerghühnern, begleitete mich bis zu meiner Flucht in den Westen im Jahre 1955. Ein selbst gebautes Geflügelhaus war mein ganzer Stolz.

Am Süßen See, der in der dortigen, etwas öden Landschaft einem glänzenden Wasserjuwel gleicht, hatten die Eltern ein bescheidenes Wochenendhaus, eine sogenannte See-Datscha errichtet. Hier konnten wir in jeder freien Minute Wassersport treiben und mit einem selbstgebauten Kajak dieses tolle Gewässer in all seinen Facetten genießen.

◉ Episode 4

Umzug in die Lutherstadt Eisleben: ein neues Umfeld und ein neuer Freundeskreis

Das Apothekenwesen in der nunmehr gegründeten DDR wurde Zug um Zug verstaatlicht. Damit wurden viele bisherige Besitzer zu Leitern der jetzt staatlichen Einrichtung. So übernahm mein Vater im Jahre 1948 die Leitung der mittlerweile staatlichen »Mohren-Apotheke« in Eisleben. Damit waren wir im Zentrum des Mansfelder Landes gelandet, da die Stadt auch Kreisstadt war. Hinzu kam der zentrale Sitz des nunmehr staatlichen Kupferschiefer-Kombinates. Dies prägte die Struktur, die Einwohner und den nunmehr industriellen Charakter der Stadt, die mit ihrer Umgebung zu einem industriellen Schwerpunkt der DDR wurde.

Das Haus, in dem sich die »Mohren-Apotheke« befand, war eine ehemalige Stadtresidenz der Mansfelder Grafen. Diese hatten schon im Mittelalter Erzbergbau betrieben, waren dadurch entsprechend begütert und unter den Adligen des Landes nicht unbedeutend gewesen. Durch seine großzügigen Räume, die hohen Deckengewölbe und die mit entsprechenden Tapeten versehenen Zimmer wurden wir Kinder immer an vergangene Zeiten und Geschichten erinnert. Angeblich soll sogar eine unterirdische Verbindung zum Stammschloss in Mansfeld bestanden haben. Da die Gegend durch den Bergbau schon früh unterirdisch mit gegrabenen Stollen durchzogen worden war, war dies durchaus denkbar. In jedem Falle regte es immer wieder unsere Phantasie an.

LUTHERSTADT EISLEBEN
»Von daher bin ich«
Martin Luther

Mein Vater übernahm die Leitung der »Mohren-Apotheke« mit großem Engagement. Er war fachlich und beruflich sehr aktiv und dies über die sehr umfangreiche Tätigkeit in der eigenen Apotheke als Kreisapotheker hinaus. Damit half er so manchen Kollegen durch Rat und Tat.

Hier bekam ich wohl erste für meine spätere berufliche Entscheidung prägende Erkenntnisse und Ziele vermittelt. So verfügte die Apotheke über eine umfangreiche Arzneimittelherstellung. Es gab in der DDR keine nennenswerte industrielle Herstellung von Arzneimitteln, zumal die bisherigen weltweit tätigen Firmen verstaatlicht worden waren, Rohstoffknappheit herrschte und sich die meisten Unternehmen von Bedeutung in den Westen abgesetzt hatten. Umso erstaunlicher war die Improvisationskunst vieler Apotheker, mit den zur Verfügung stehenden Ressourcen die Arzneimittelversorgung sicherzustellen. In der »Mohren-Apotheke« war über die Hälfte der nicht kleinen Mitarbeiterzahl mit dem Herstellen von Lösungen, Mixturen, Emulsionen, Pillen, Tabletten, Salben und Ampullen beschäftigt. Ich durfte, in einen Kittel eingekleidet, Hilfsarbeiten und Handreichungen machen. Das Destillieren, Rühren, Pressen und Kochen ist mir so noch in lebhafter Erinnerung. Es war wohl auch der eigentlich positive Anstoß für meine spätere Berufswahl. Die Motivation, in einem so wichtigen Bereich wie der Gesundheit auf Grund einer zunehmenden Mangelwirtschaft zu improvisieren, lösen heute noch in mir bewundernde Erinnerungen aus. Einige der damaligen Mitarbeiter waren später sogar in der pharmazeutischen Wissenschaft tätig, sie hatten wohl ihre ersten fachlichen Sporen und Motivationen in dieser Apotheke und durch die dabei erlebten Aktivitäten meines Vaters bekommen. Meine späteren Begegnungen mit ihnen bestätigten mir diesen Eindruck.

Das Leben ändert sich und die DDR nimmt Formen an

Hatte ich in Gerbstedt die dortige Grundschule besucht, kam ich in der Folge durch den Umzug nach Eisleben in die Grabenschule, eine Grundschule für Knaben. Durch den Zusammenbruch des Nazireiches fehlte es jedoch an geeigneten Lehrkräften, da viele im Krieg gefallen waren und viele der Überlebenden nicht entnazifiziert werden konnten. Aus diesem Grunde stellte man im Schnellverfahren ausgebildete Neulehrer ein. Diese wurden in Richtung des aufzubauenden Sozialismus geschult und, zunehmend mit dem Parteibuch der SED versehen, auf uns losgelassen.

Merkte man dieses als Schüler nur bedingt, bekamen unsere Eltern sehr schnell davon Wind. Da ich auch einen Freundeskreis hatte, deren Eltern nicht unbedingt den Vorstellungen eines neuen sozialistischen Menschen entsprachen, kamen unter uns die ersten Zweifel auf. Feierten wir als Halbwüchsige erste kleine Partys in Privatwohnungen, blieb es natürlich nicht aus, dass wir uns auch über die zunehmende politische Entwicklung und deren Folgen in der Schule unterhielten, aber bereits jetzt schon behielten wir vieles unter uns, erweiterten den Kreis nur mit uns »sicheren« Freunden und begrenzten ihn. Denn erste Schnüffeleien in die Familien hinein hatten begonnen, um den Arbeiter-und-Bauern-Staat an der Basis abzusichern. Als Sohn eines Bürgerlichen, dessen Vater zur sogenannten »schaffenden Intelligenz« gehörte, durfte ich die Martin-Luther-Oberschule (früher Gymnasium genannt) besuchen. Dies war schon damals nicht selbstverständlich, da in erster Linie Kinder von Arbeitern und Bauern die höheren Schulen besuchen und auch später studieren durften.

Die alte, traditionsreiche Lutherstadt (Luthers Geburts- und Sterbehaus stehen hier) wurde zunehmend für die sozialistischen Ziele vereinnahmt. Sinnbild dafür war die auf einem zentralen Platz der Stadt aufgestellte übergroße Lenin-Statue. Das unübersehbare Luther-Denkmal auf dem Marktplatz mit der evangelischen Hauptkirche St. Andreas im Hintergrund, in der ich auch konfirmiert wurde, durfte stehen bleiben! Kirchliche Aktivitäten wurden zunehmend vom neuen System, wie wir es nannten, misstrauisch beobachtet. Das im Aufbau befindliche Spitzelsystem begann zu greifen. So wurde das erste Hotel der Stadt zur Polizeizentrale und zum Stabsquartier umfunktioniert, dem kein Ereignis in der Stadt verborgen blieb.

Um die Überwachung in der Schule komplett zu gestalten war hier ein sogenannter FDJ- Sekretär etabliert. Er erschien jeden Morgen in blauem Hemd und roter Krawatte und trug dabei als Zeichen des sozialistischen Sieges ein Luftgewehr. Ihm entgingen keine Ereignisse im Schulbetrieb und er war der eigentliche Zuträger für eine Überwachung durch die staatlichen Organe.

Ein besonderes Augenmerk richteten die Späher auf die Jugendbewegung in der evangelischen Kirche. Hier bildete sich die »Junge Gemeinde« heraus. Diese zog viele Jugendliche an, die sich der staatlichen Indoktrinierung entziehen wollten. Parallel wurde die Organisation der »Jungen Pioniere« aufgezogen. Die Jugendlichen wurden mehr oder weniger zum Eintritt in diese Jugendorganisation gezwungen, besonders wenn sie auf die Oberschule gehen wollten. So kam es, dass viele meiner Freunde und ich in beiden Organisationen Mitglied wurden. Einen besonderen Reiz übte die »Gesellschaft für Sport und Technik« auf ältere Jugendliche aus, in der Sport und eine halbmilitärische Ausbildung betrieben wurden. Sie war, ganz gerissen überlegt, eine vormilitärische Organisation, die den Klassenfeind besiegen helfen sollte. Für einen Jugendlichen war es zunächst eine interessante Freizeitbeschäftigung. Diese für uns vielen Angebote und unsere doppelten Mitgliedschaften darin lagen jedoch nicht im Interesse der Partei und ihrer Funktionäre. Deren Wahrnehmung zog bald das Misstrauen der »staatlichen Organe« nach sich. Ein Spitzelsystem als Informationsquelle war die logische Folge. Unter Freunden und Mitschülern grassierte das Wort: »Der hält dicht, dem kannst du trauen, der ist verlässlich!« Oder aber: »Aufpassen, der spitzelt.« So entwickelte sich bis in die Familien hinein ein gegenseitiges Misstrauen, aber auch eine gewisse Schauspielerei im Umgang miteinander. Die ersten Verfolgungen begannen.

In einer Villa richtete sich eine SED-Parteischule ein, in der die Funktionäre für den Staatsapparat ausgebildet wurden. Im Stadtgefängnis saßen die ersten politischen Häftlinge ein und verbüßten Strafen als Feinde des Sozialismus. Im Bergbau begannen die ersten Exzesse für die Erfüllung der Normen und des Plansolls. Bergleute, die aus verschiedenen

Motiven heraus das Soll erfüllten, wurden als »Helden der Arbeit« ausgezeichnet, gefeiert und mit Sonderprivilegien bedacht. Sie waren das Antlitz der »neuen und fortschrittlichen« Gesellschaft und wurden natürlich auch in die SED aufgenommen.

Um die in allen Bereichen zu erfüllenden Sollvorgaben zu realisieren, wurden unter anderem freiwillige Einsätze proklamiert. So zum Beispiel Ernteeinsätze auf den Feldern der LPG. Dafür wurden besonders Schüler anstelle des Unterrichtes verpflichtet. Geschah dieses anfänglich noch mit gewissen Sympathien, da man ja dadurch schulfrei hatte, wurden diese Einsätze bald lästig und führten zu Missmut und innerlichem Widerstand. Ja, sie waren auch eine der Ursachen, die zum Aufstand am 17. Juni 1953 führten.

Der stete Ausbau neuer Förderschächte (»Abteufen« genannt), die mit ihren großen Abraumhalden das Landschaftsbild prägten, war das äußere Zeichen eines mittlerweile im Mansfelder Land geschaffenen industriellen Schwerpunktes in der DDR. Zusammen mit einer Kupferhütte entstand ein Großunternehmen, im DDR-Jargon »Kombinat« genannt.

Die Väter einiger meiner Freunde waren hoch qualifizierte Bergbauingenieure in leitender Stellung und Verantwortung. Ihre früheren persönlichen Kontakte mit Studienkollegen aus dem Westen wurden ihnen schließlich zum Verhängnis. Seitens der SED, die ja nun überall das Sagen hatte, wurde ihnen nicht getraut. Sie und ihre Familien standen unter Beobachtung der sogenannten Sicherheitsorgane und mit Intrigen und Denunziationen wurde man schnell fündig. So verschwanden über Nacht drei Väter meiner engsten Freunde. Sie kamen, wie wir sodann erfuhren, ins Gefängnis. Ihr

Vergehen: »subversive Kontakte zum westlichen Salzdet-
furth-Konzern«, die mit hohen Gefängnisstrafen bedacht
wurden. Sie kamen später als gebrochene Menschen frei.

Der 17. Juni 1953:
ein möglicher Wendepunkt?

All diese Geschehnisse, der zunehmende Druck bis in die
Familien, die ständigen Überforderungen, die als Normer-
füllung deklariert wurden, und die Bespitzelungen brachten
schließlich das Fass zum Überlaufen. Sie führten zum Aufstand am 17. Juni 1953!

Genossen, haltet durch, 1989 ist alles vorbei!

DEM GENOSSEN

IN WÜRDIGUNG GUTER TATEN
BEI DER ERFÜLLUNG
UNSERES MILITÄRISCHEN
KLASSENAUFTRAGES

BERLIN, _____

An diesem Tag kam es, ausgelöst in den Schächten des Kombinats, zu großen Unruhen und Demonstrationen in der sonst so beschaulichen Lutherstadt Eisleben. Die Bergleute verließen geschlossen ihre Bergwerke und formierten sich zu großen Marschkolonnen. Die mittlerweile groß angelegte Polizeistation wurde gestürmt, das Gefängnis von politischen Gefangenen geräumt und diese gegen SED-Funktionäre ausgetauscht.

Doch die so gewonnene Freiheit dauerte nur kurz. Sie wurde mit dem Einzug russischer Kampftruppen mit aufgepflanztem Bajonett nach zwei Tagen beendet. Passanten und Demonstranten wurden wahlweise aufgegriffen, auf Lastwagen verfrachtet, hinaus aufs Land gefahren und für eine »Weiterbehandlung« aussortiert. Die Unverdächtigen konnten zu Fuß nach Hause laufen.

Das »rote« Mansfelder Land, durch den Bergbau und

Mein Arbeitsplatz - mein Kampfplatz für den Frieden!

»Der Sozialismus klopft eines Tages auch an eure Tür!«

Erich Honecker, 1988

seine Kumpels geprägt, hatte dem »Arbeiter-und-Bauern-
Staat« einen so nie gekannten Schrecken eingejagt. Aber schon
bald vernetzte sich das SED-Regime immer enger, Beobach-
tungen und Bespitzelungen verfeinerten sich immer mehr.
Für die Bürger wurde danach das Leben noch unerträglicher.

Als Jugendlicher von 15 Jahren waren mir die Hinter-
gründe damals noch nicht so bewusst, sie sind mir aber prä-
gend und bis heute in vielen Details in Erinnerung geblieben.
Die Staatsform DDR, ihre Ideologie und ihr Ausschließlich-
keitsanspruch nahmen feste Konturen an und festigten sich
in allen Lebensbereichen. In ihrer Konsequenz war das alles
für mich jedoch noch nicht sichtbar.

Man hörte von Erwachsenen und den Eltern, dass es auch
ein anderes Leben gebe und sich im Westen ein neues und
lebenswerteres Leben entwickle. Dort gebe es Freiheit und

deren Nuancen konnte man heimlich und fleißig im Radio und später im Fernsehen verfolgen.

Der Sozialismus siegt – der antifaschistische Schutzwall

ⓨ Episode 5

Schulische Erlebnisse, Prägungen und deren Folgen

So war die Teilnahme an täglich vor dem Unterricht stattfindenden kurzen Andachten von etwa 20 Minuten in der Kapelle der Kirche St. Petri dem »System« ein Dorn im Auge geworden. Meine Teilnahme daran und meine Funktion als Schulsprecher waren deshalb mehr als suspekt. Die von mir ausgesprochene Arbeitsverweigerung im Rahmen eines Erntehilfeeinsatzes für uns Schüler, der über die Maßen unverantwortlich war, brachte das Fass zum Überlaufen. Die Aufforderung, öffentlich für dieses Verhalten Selbstkritik zu üben, und die Androhung eines Schulverweises wurde zu einem Fanal für weitere Repressalien und Verfolgungen. Hinzu kamen die Ereignisse des 17. Juni 1953 und deren Folgen.

Mein Vater half aktiv bei der Flucht von politisch verhafteten Bekannten und Freunden, die befreit und mit Privatautos nach Westberlin gebracht wurden. Damit war seine Zuverlässigkeit in Beruf und Gesellschaft in Frage gestellt. Tipps und Informationen aus sicheren Quellen ließen weitere Maßnahmen der staatlichen Organe, wie sie im Partei-Deutsch genannt wurden, nicht nur erahnen, sondern auch in kurzer Zeit erwarten.

Damit reifte der Entschluss unserer Eltern, über Westberlin in den Westen zu flüchten. »Abhauen« nannte man diese

Art der Flucht aus dem Arbeiter-und-Bauern-Staat im Volksmund und diese Möglichkeit ergriffen zunehmend Millionen seiner Bürger.

Inzwischen erhöhte sich der Druck auf meine gesamte Familie. Mein Vater hatte sich öffentlich gegen die Gewalt und Lüge in der Gesellschaft geäußert, damit kam auf ihn ein Kesseltreiben zu und dies besonders, da er sich gegen die Kritik an der Zweigleisigkeit seiner Kinder in Bezug auf ihre Aktivitäten in Schule und Kirche, die von der herrschenden Partei nicht hingenommen wurde, verwahrte. Er sprach sogar von einer Vergiftung der Jugend. Da der linientreue Direktor der Oberschule gleichzeitig mit einer seiner Kolleginnen verheiratet war, die im Apothekenwesen das Parteibuch hochhielt, zog sich die Schlinge des Systems langsam zu.

Die öffentliche Kritik meines Vaters an der kommunistischen Jugendweihe brachte schließlich das Fass zum Überlaufen. Nach einem verlässlichen Tipp, dass seine Verhaftung bevorstehe, entschloss er sich, mit der gesamten Familie in den Westen zu fliehen, was über Westberlin noch unproblematisch war. Wir hatten es schließlich mit einem Staat, mit Polizeigewalt, Geheimdienst und Armee zu tun.

☉ Episode 6

Flucht in den Westen

Mit Gepäck und Koffern kamen wir in Westberlin an. Als Kinder glaubten wir nicht daran, dass wir bis auf unser Gepäck nun alles los seien und unsere Heimat so schnell nicht wiedersehen würden. Wir lebten etwa ein viertel Jahr im Flüchtlingslager Berlin-Marienfelde in einer Massenunterkunft. Hier fanden zunächst auch Verhöre meines Vaters durch die alliierten Sicherheitsdienste statt. Dabei wurde ihm ein materielles Angebot gemacht für den Fall, dass er in die »Zone« zurückkehrte und als deren Informant tätig würde. Natürlich lehnte er dieses Angebot als eine Demütigung und mehr als verletzend ab.

Wir Kinder staunten über die andere Welt des Westens und fanden vieles amüsant. Aber Hab und Gut zurückzulassen und zu sehen, dass der Vater vor einem neuen Berufsanfang mit ungewisser Zukunft stand, das war eine große Zäsur!

Von Westberlin nach Frankfurt am Main ausgeflogen, landeten wir, nun mittellos, im »gelobten Westen«. Die erste Bleibe war das Notaufnahmelager in Hanau-Lamboy. Hier wohnten wir als fünfköpfige Familie zusammen mit einer gleichgroßen Familie in einer gemeinsamen Wohnung mit zwei Schlafzimmern, einem Wohnzimmer, Küche und Bad. ein halbes Jahr. Für uns Jugendliche mag es ein gewisses Abenteuer gewesen sein. Für unsere Eltern war es der absolute GAU!

Es erinnert mich immer wieder an die heutige Flücht-lingssituation und die Diskussion in unserer Gesellschaft. Viele unserer Mitbürger, sogar selbst einmal betroffene, wie Vertriebene und ein Teil von Funktionären aus deren Verbänden, scheinen den Mantel des Vergessens über ihre eigenen Erlebnisse gezogen zu haben. Das daraus folgende Argument: »Das war ja anders, denn wir waren ja Landsleute und keine Fremden aus anderen Kulturen«, kann ich ein-fach nicht nachvollziehen. Schließlich wurden wir zu einem großen Teil auch als eine störende Last empfunden.

Für mich war es, bei allen Entbehrungen, eine spannungsrei-che Situation. Aber auch erste Enttäuschungen zeichneten sich ab. Wir wurden ja im Westen nicht erwartet, sondern kritisch beäugt und häufig auch in einem schönen Vergleich als »Kar-toffelkäfer« tituliert. In der Jugend steckt man so etwas schnell weg. Die Eltern muss es mehr als betroffen gemacht haben.

So sahen wir in Hanau die Amerikaner wieder. Sie hatten in dieser Stadt mehrere größere Standorte und Kasernen. Sie verhielten sich ganz anders als die uns bisher bekannten Russen, die uns gegenüber unter Verschluss gehalten und mit denen keinerlei Kontakte zugelassen worden waren. Die amerikanischen Soldaten hingegen belebten in Uniform oder in Zivil das Stadtbild. Letzteres machte durch das abends in Neonlicht gekleidete Leben mit all seinen Freiheiten auf uns einen bisher nie gekannten Eindruck. Uns überkam das Ge-fühl: Hier kann man für Westgeld alles haben – wenn man es denn hat, und wir erlebten so manchen Traum. Nachdem mein Vater in einer Apotheke in Frankfurt eine Anstellung gefunden hatte, worüber wir sehr glücklich waren, ging es nun um den weiteren Schulbesuch.

Ein Neuanfang

Haben wir heute in der BRD 16 verschiedene Schulsysteme, die beim Wechsel so manchen Schülern und Eltern Probleme bereiten, war dies für uns SBZ-Flüchtlinge, wie man uns offiziell nannte, ein viel gravierenderes Problem. Zwei total unterschiedliche Schulsysteme prallten für uns aufeinander! Ich sah damals das bisher gewohnte DDR-Schulsystem als einheitlich durchgegliedert, mit einheitlichen Vorgaben des Lernens und der Lehrpläne. Dabei lag wohl der Schwerpunkt in der DDR auf den MINT-Fächern, während im Westen mehr auf die Sprachen Wert gelegt wurde. Von der Methode waren wir Flüchtlinge mehr zu diszipliniertem Auswendiglernen erzogen worden, während wir nun auf ein sehr differenziertes und selbstständiges Arbeiten trafen. Vieles in der Schule geschah jetzt freiwillig und freiheitlicher. Die Schüler äußerten zu vielen Dingen persönliche Meinungen, die trotz so mancher Gegensätzlichkeit akzeptiert wurden. Es waren keine Aufpasser und Ideologen mehr da. War dies alles zunächst ungewohnt, machte es zunehmend Spaß, zumal die Lehrer offen waren und keinem System huldigen mussten.

Blieben die Ereignisse zur Auslösung der Flucht, die Reaktion der Menschen und die nun eingetretenen Veränderungen zunächst noch im Hintergrund, kamen später Erlebnisse hinzu, die mich für meine spätere Einstellung zu Politik und Gesellschaft schon damals, vielleicht unbewusst, prägten.

Das Einleben im Westen war zunächst positiv-erwartungsvoll. Die bis dahin nicht gekannten, unbegrenzt erscheinenden materiellen Möglichkeiten waren überwältigend und verhießen, wenn man es denn schaffte, eine gute Zukunft. Dies umso mehr, wenn man das Leben zunächst etwa für ein drei viertel Jahr im Flüchtlingslager verbracht hatte. Beruhigend war dabei, dass wir viele Menschen waren, die die gleiche Situation durchlebten, und der Strom der Nachrücker von SBZ-Flüchtlingen unaufhörlich war.

Dadurch, dass unsere Mutter eine gebürtige Frankfurterin war, die es in die alte Heimat gezogen hatte, war der Wille, in Frankfurt am Main ein neues Zuhause zu finden, enorm groß.

So kam ich als Schüler in die Ziehenschule, ein sehr großes Gymnasium, das in zwei Zweige, einen mathematisch-naturwissenschaftlichen und einen sprachlichen, gegliedert war. Der Schulleiter führte diese Schule mit großem Engagement, nahm aus der SBZ stammende Schüler auf und bemühte sich zusammen mit den Kollegen des Goethe-Gymnasiums um unsere zügige Eingliederung. Dabei waren unser Problem die Sprachen. Wir hatten in der DDR als einzige Fremdsprache Russisch gehabt, während hier im Westen selbst in der mathematisch-naturwissenschaftlichen Abteilung Englisch und Latein üblich waren. Unser Glück war es, dass das Goethe-Gymnasium Russisch mit der Möglichkeit anbot, auch darin das Abitur machen zu können. So geschah es, dass ich Englisch im Schnellverfahren lernte und mit Russisch als Zweitsprache später das Abitur ablegen konnte.

Parallel dazu lernte ich Latein in Nachhilfestunden. Mathematik und die naturwissenschaftlichen Fächer waren dagegen kein Problem für mich, waren diese doch in der DDR betont und auch gefördert worden. Die bereits geschilderte Auffassung des Lernens mit vielen freiwilligen Aspekten, wie eigenen Vorträgen, Referaten und Teilnahme an AGs, war neu und zunächst unverständlich. Zunehmend stimmte mich diese neue Art des Lernens aber optimistisch, denn sie bedeutete eine neue Bildungswelt. So nahmen die Umbrüche im Denken bewusst oder auch manchmal unbewusst ihren Lauf. Enttäuschungen traten so manches Mal auf, wenn Mitschüler uns Ossis skeptisch oder sogar hämisch entgegentraten, besonders dann, wenn der sächsische Dialekt in unserer Sprache hervorkam.

Erfreulicherweise waren die Lehrer durchgängig hilfsbereit und zeigten für unsere Situation Verständnis. Bald war das aber alles überwunden und ich lernte neue Freunde kennen. Fördernd für unseren Zusammenhalt war schließlich auch, dass unser Gymnasium in einem vom Land Hessen ausgerufenen Wettbewerb mit dem Titel »Bestes Gymnasium Hessens« alle unsere geistigen Reserven und ein Gemeinschaftsgefühl forderte und damit auch Erfolg hatte. Diese Motivation riss auch mich mit und führte zielstrebig zum Abitur, das ich 1958 mit Erfolg bestand.

Dabei wurde mir immer klarer, dass meine Berufswahl nur ein naturwissenschaftliches Studium sein konnte, da mich die Fächer Chemie, Biologie und Physik faszinierten. Für meinen weiteren Lebensweg war dann auch ganz entscheidend, dass ich im Klassenverband meine spätere Frau Gudrun kennenlernte, die der Mathematik verfallen war, später den Lehrerberuf ergriff und meine Defizite in Mathe ausgleichen half.

Nachdem ich, nunmehr mit diesen Gedanken und Voraussetzungen, mein Abitur erfolgreich ablegen konnte, stand ich vor der Frage einer entsprechenden Berufswahl.

☯ Episode 7

Berufliche Entscheidung:
Apotheker ja oder nein?

Das Apothekenwesen in der DDR im
Vergleich zur BRD – ein großer Unterschied!

Ulrich Vater war der letzte Apothekerpraktikant meines
Vaters vor der Flucht in den Westen. Er und Christoph
Friedrich schrieben zusammen das Buch »Die Entwicklung
des Apothekenwesens in der DDR«, das im Jahre 2010 im
Verlag Bessert und Stadeler erschien. Die beiden beschreiben
unter anderem beispielhaft das Apothekenwesen der DDR
bis zu deren Ende im Jahr 1989 wie folgt: »Für alle deutschen
Apotheker war die Situation nach dem zweiten Weltkrieg zunächst ähnlich. Es galt mit den Folgen des Krieges fertigzu-
werden und gleichzeitig die Arzneimittelversorgung abzusichern. Die Gründung der BRD und DDR 1949 bedeutete aber
auch einen Einschnitt in die Entwicklung der Apotheken,
nachdem sich bereits unterschiedliche Entwicklungen in den
drei westlichen Besatzungszonen einerseits und der sowjetischen Besatzungszone andererseits abgezeichnet hatten.

Die Entwicklung des zentralistisch geführten sogenannten
sozialistischen Staates DDR erfolgte gemäß den Prinzipien
der marxistisch-leninistischen Staatsideologie und unter-
stellte die gesamte Wirtschaft einem zentralistischen Pla-
nungssystem. Persönliche Spielräume waren so von vornher-

ein begrenzt. Die sozialistische Erziehung sollte der Schlüssel für die Erfüllung aller politischen und ökonomischen Aufgaben sein. Wie in jedem Staat waren in der DDR eine Vielzahl zivil-, arbeits- und arzneimittelrechtliche Gesetze und Verfügungen einzuhalten. Das schloss jedoch nicht aus, sich in Grenzbereiche vorzuwagen, was natürlich nicht ohne Risiko war. Dies nahmen aber viele Kolleginnen und Kollegen auf sich.

Was geschah in der DDR?

Es wird den DDR-Bürgern oft vorgeworfen, sich nicht gegen das System zur Wehr gesetzt zu haben. Mit Hilfe einer gleichgeschalteten Justiz wurde jedoch jegliche Opposition im Keim erstickt. Ein Ende der DDR-Zeit war nicht abzusehen, und wer innerlich nicht mit dem System konform ging, musste sich in der häufig als ›Nischengesellschaft‹ apostrophierten DDR einrichten. Die Arbeit im sozialistischen Gesundheitswesen bot für Ärzte und Apotheker zumindest ein Stück Nische, da diese vornehmlich fachlich determiniert war. Die durchweg gute Ausbildung in diesen Berufen war ein solides Fundament für die Arbeit im Arzneimittel- und Apothekenwesen.

Trotz aller bürokratischen staatlichen Gängelung überwog bei vielen die Lust und Liebe zum Apothekerberuf und der Wunsch, dem Menschen zu helfen, Versorgungsengpässe dank fachlicher Kenntnisse zu minimieren und dafür zu sorgen, dass kein Patient die Apotheke unversorgt verließ.

Der dazu nötige Aufwand hielt rationellen Kriterien nicht stand. Als Beispiel sei der Arzneimittelaustausch mit Apotheken aus anderen Bezirken genannt. Aufgrund starrer Planwirtschaft wurden an einen Bezirk Arzneimittel geliefert, die dort nicht erforderlich waren, aber an anderer Stelle fehlten. Jede so beseitigte Versorgungslücke war ein Erfolgserlebnis, das sich in keiner Statistik wiederfand. Aber auch mit einer semiindustriellen Produktion von Augenarzneien, Salben, Tabletten, Zäpfchen, Infusionslösungen, Dialysekonzentraten und Labordiagnostika im Apothekenwesen versuchten die Mitarbeiter, die desolate Versorgungslage zu verbessern. Große Schwierigkeiten bot auch die Versorgung von Patienten mit ›westlichen‹ Importen. Dennoch zählte das Apothekenwesen der DDR zu den wenigen Bereichen, die – allen wirtschaftlichen Schwierigkeiten zum Trotz – in der versierten fachlichen Arbeit noch am besten funktionierten.

Weil im Apothekenwesen alles so gut klappte und eine den volkseigenen Betrieben ähnliche Leitungsstruktur als Zielstellung stand, wurden den Leitern und Mitarbeitern immer mehr Aufgaben übertragen. Dazu zählte u. a. die Versorgung mit Medizintechnik, einschließlich der Übernahme von Planungsaufgaben für die Einrichtungen des Gesundheitswesens. So lag z. B. die Verteilung von Röntgeneinrichtungen, die Zuweisung von Kraftfahrzeugen in der Verantwortung des Apothekenwesens. All diese zusätzlichen Aufgaben waren mit der bisherigen Apothekenstruktur nicht mehr zu bewerkstelligen und führten zur Bildung der Pharmazeutischen Zentren.

Was geschah in der Bundesrepublik?

Mit der Einführung der Marktwirtschaft in der Bundesrepublik nahm auch die Entwicklung des Apothekenwesens einen völlig diametralen Verlauf im Vergleich zu dem in der DDR. Wurde die Arzneimittelherstellung in der DDR neben einigen Industriebetrieben, die noch verblieben waren, im Wesentlichen von den Pharmazeutischen Zentren getragen, übernahmen diese in der BRD die großen Weltfirmen wie Bayer, Hoechst, Schering, Boehringer etc. Nebenbei betrieben auch viel kleine und mittlere Hersteller in zunehmendem Maße die Herstellung von Arzneimitteln. Viele von ihnen hatten vor und während des Zweiten Weltkrieges ihren Stammsitz im Osten Deutschlands und verlegten diesen danach in den Westen. Eine nunmehr unerschöpfliche Werbung ließ den Pharmamarkt in einer bisher nie gekannten Weise aufblühen und sorgte für entsprechende Umsätze. Die neue Wirtschaftsform der Marktwirtschaft forderte dazu regelrecht heraus.

Natürlich möchte ich auch die positiven Seiten dieser Entwicklung nicht verhehlen. So beflügelte diese Möglichkeit auch eine bisher nicht gekannte Entwicklung in der Arzneimittelforschung, die die Planwirtschaft als DDR niemals ermöglichen konnte. Schließlich kamen und kommen weltweit die neuesten Entwicklungen von Arzneistoffen und deren Therapien aus den marktwirtschaftlich geführten Industrieländern.

Diese Entwicklung führte bei den Apotheken zu einer

gewaltigen Umstrukturierung und der Übernahme einer neuen Rolle. War zuvor die vornehmlich Aufgabe einer Apotheke die Herstellung von individuellen oder standardisierten Rezepturen gewesen, geriet diese durch die nunmehr zunehmende Abgabe und Verschreibung von Fertigarzneimitteln in den Hintergrund. Im Volksmund ausgedrückt: »Der bisherige Pillendreher wurde zum Schubladenzieher!«

Ein äußeres Zeichen dafür frustrierte mich und ließ in mir ob einer zukünftigen Berufswahl große Zweifel aufkommen: War das Tragen eines weißen Kittels in der Apotheke für jede Tätigkeit und alle Mitarbeiter selbstverständlich und üblich, erlebte ich dieses Bild in einer für mich abstoßenden Art in einer Frankfurter Innenstadtapotheke ganz anders. Alle Mitarbeiter trugen hier zwar noch einen Kittel, der Chef jedoch nicht. Er trug zum Zeichen seiner Stellung und »Würde« einen stahlblauen Markenanzug mit teurer Krawatte und goldenen Manschettenknöpfen. Seine apothekerliche Tätigkeit bestand in der täglichen morgendlichen und abendlichen Kontrolle der Kasse! Zum Glück war das eine Ausnahme, aber ein Zeichen von kaufmännischem Gehabe in einer Apotheke, die nun auch in dieser neuen und freien Marktwirtschaft ihren Platz finden musste.

Hinzu kam die von den Amerikanern in ihrer Besatzungszone eingeführte und sodann auf die ganze BRD ausgeweitete Niederlassungsfreiheit für Apotheker. Hatte man bisher zur Führung einer Apotheke eine Konzession erwerben müssen, die an die Gebiets- und Bevölkerungsgröße gebunden war, konnte jetzt jeder approbierte Apotheker deutscher Staatsangehörigkeit an jeder beliebigen Ecke eine Apotheke eröffnen. Einzige Bedingung dafür waren eine vom Gesetzgeber vorgeschriebene Raumgröße und eine zum Betrieb vorgeschriebene Einrichtung. Solche Möglichkeiten boten sich besonders an entsprechend von der Öffentlichkeit stark genutzten Plätzen, Verkehrsknotenpunkten und in der Nähe von Arztpraxen.

Besondere Qualitätskriterien in Bezug auf fachliche Kompetenz wurden für eine solche Niederlassung nicht gefordert. Allein die gute Lage und damit verbundene geschäftliche Erfolge waren das Maß aller Dinge. Die Wörter Konkurrenz und Überbieten des Mitbewerbers mit bisher so nie gekannten »Blüten« in der Realisierung feierten fröhliche Urstände. Die Apothekenvermehrung nahm rasante und oft sehr überraschende Züge an.

Damit kam zum Apothekerberuf in der öffentlichen Apotheke neben der bisherigen eine semikaufmännische Tätigkeit hinzu. Diese hatte er in seiner universitären Ausbildung nur am Rande lernen können. Jetzt hieß es durch Learning by Doing mitzuhalten, aber auch neue Berufsbilder zu entwickeln, auf die ich später eingehen werde.

Zweifel bei der Berufsentscheidung

Schon vor dem Abitur waren Überlegungen für eine Berufswahl für mich selbstverständlich an der Tagesordnung. Dafür kam ein Studium nur in einem naturwissenschaftlichen oder medizinischen Bereich in Frage. Durch das Elternhaus geprägt, lag es nahe, auch den Beruf des Apothekers zu ergreifen und das Studium der Pharmazie aufzunehmen. Allerdings kamen da bei mir erste Zweifel auf. Da ich den Apothekerberuf und seine gesellschaftliche Aufgabe in der DDR im Vergleich zu dem in der Bundesrepublik jetzt kannte, plagten mich große Bedenken. Denn war die überwiegende Berufsausübung in der DDR eine wissenschaftlich-technische, erlebte ich diese im Westen als eine überwiegend kaufmännische Tätigkeit. Die Tatsache aber, dass Apotheker neben einer öffentlichen Apotheke auch an Hochschulen, in der Klinik, der Industrie und der Verwaltung tätig waren, ließ in mir die Überzeugung wachsen, dass es sich doch um einen auf Grund seiner Möglichkeiten interessanten Beruf handle. Plagten mich zunächst Zweifel – und so manche Begegnungen mit Kollegen, die diesen Beruf nur aus rein merkantilen Motiven ausübten, bestärkten diese –, tröstete ich mich damit, auf der Grundlage des Pharmaziestudiums mit einem eventuell erweiterten Medizinstudium eine berufliche Erfüllung zu finden.

Von diesen Zweifeln geplagt und der Möglichkeit eines eventuell späteren Umsteigens in die Medizin getröstet, begann ich in der nunmehr eigenen väterlichen Apotheke in Frankfurt am Main das damals vorgeschriebene zweijährige Praktikum, das für die Aufnahme des Pharmaziestudiums vorgeschrieben war. Im Vergleich zu anderen Studiengängen war diese Regelung schon immer Gegenstand einer kontroversen Diskussion. Aus meiner Sicht wünsche ich mir für so manche anderen Studiengänge eine solch praktische Erfahrung. Sie festigen eine Berufsentscheidung, führen durch Höhen und Tiefen eines zukünftigen Berufslebens und bewahren einen vor falschen Vorstellungen.

So schloss ich 1960 mein zweijähriges Praktikum mit einem sehr guten Examen ab und konnte nun das Studium aufnehmen. Allerdings gab es, wie für andere Studiengänge auch, einen Numerus clausus. Dieses bedeutete häufig eine längere Wartezeit bis zum Studienbeginn. Einige überbrückten diese Zeit mit praktischer Arbeit, um Geld zu verdienen, andere wechselten vorübergehend oder für immer in andere Studienfächer. Bafög war in dieser Zeit noch ein Fremdwort. Zudem war durch die bundesweit eingerichtete Zentrale für die Vergabe von Studienplätzen eine freie Wahl der Universität nicht mehr gegeben. In der Konsequenz landete so mancher angehende Student in fernen Studienorten, die man nur vom Hören kannte.

Ich hatte das Glück, mein Studium in der von Frankfurt nicht weit entfernten Johannes-Gutenberg-Universität in Mainz aufnehmen zu können. Mainz, unter Karnevalisten auch als »Moguntia« bekannt, war außer Landeshauptstadt des nach dem Zweiten Weltkrieg neu gegründeten Bundeslandes Rheinland-Pfalz auch Universitätsstadt geworden. Da es in Rheinland-Pfalz keine Universität gegeben hatte und eine solche unbedingt dazugehörte, sorgte die damalige französische Militärregierung dafür, dass dort am 15. Mai 1946 die nach dem berühmtesten Sohn der Stadt benannte Johannes-Gutenberg-Universität gegründet wurde. Sie befand sich zunächst in einer ehemaligen Flakkaserne, wo sich das universitäre Leben anfangs in vielen provisorischen Gebäuden abspielte. Die rasant zunehmende Studierendenzahl für alle klassischen Fakultäten erforderte die Errichtung neuer Institutsgebäude, besonders auch für die Naturwissenschaften. Diese Entwicklung hält bis heute an. Durch die

Anziehung vieler namhafter Wissenschaftler wurde der Ruf der Universität immer besser und prägte schließlich auch den Namen »Mainz – die Stadt der Wissenschaft«. Dabei ist es interessant zu wissen, dass in Mainz bereits im Jahre 1477 eine Universität gegründet worden war.

Heute bietet die Universität Mainz 145 Fächer mit 119 Bachelor- und 96 Masterstudiengängen an. Abgerundet wird dieses durch eine große Universitätsklinik. Etwa 36 200 Studierende leben in der Stadt. Die Stadt selbst fällt durch ein gemischtes Stadtbild mit allen Altersgruppen auf: viele junge Leute, Kinder, Studierende, Behördenmitarbeiter, Touristen und Ruheständler prägen das städtische Leben. Sie hat bezaubernde alte Plätze, Straßen und ein einladendes Rheinufer zum Entspannen. Zugleich ist Mainz eine weltoffene Bürgerstadt mit einem enormen Wachstum, in der es sich auch außerhalb der närrischen Zeit zu leben lohnt. Und ganz nebenbei: Sie ist auch eine Weinhauptstadt!

Natürlich war das bei meinem Studienbeginn 1960 noch nicht so ersichtlich. Aus der Main-Metropole Frankfurt kommend, lag dieser Eindruck noch sehr im Verborgenen. Die Stadt war stattdessen durch gewaltige Kriegszerstörungen gekennzeichnet, ihr Wiederaufbau verlief gegenüber »Mainhatten« noch sehr zögerlich, allerdings war sie durch diese »Verspätung« besser für sinnvolle Stadtplanung zugänglich.

In dieser neuen Umgebung nahm ich schließlich, begleitet vom Mainzer Lebensspruch »Bei Weck, Worscht un Woi« das Studium der Pharmazie auf.

☯ Episode 8

Aufnahme des Studiums der Pharmazie

Staatsexamen

Vor diesem erwartungserweckenden Hintergrund durchschritt ich schließlich das optisch noch immer beeindruckende ehemalige Eingangstor einer ehemaligen Kaserne und betrat das Gelände der Alma Mater der Johannes Gutenberg-Universität zu Mainz. Dieses umfasste zahlreiche Institutsgebäude sowie Mensa und eine Aula, die nun das Zentrum meines zukünftigen Studentenlebens bilden sollten.

Nach der erfolgreichen Einschreibung machte ich mich auf den Weg zum pharmazeutischen Institut. Es war in einem ehemaligen Kasernengebäude untergebracht, in dem über zwei Etagen bis unter das Dach verteilt Laborräume nach den Gegebenheiten und Ansprüchen der damaligen Zeit eingerichtet waren. Hier wurden in jeweils Dreierreihen Analysen und Synthesen »gekocht«, wie wir das im chemischen Fachjargon nannten. Den heutigen Sicherheitsansprüchen würde so etwas nicht mehr genügen. Hier war nun mein neuer Arbeitsplatz, wenn man so will.

Die zu absolvierenden Vorlesungen fanden in den Nachbarinstituten der Medizin, Botanik, Physik und Chemie statt. Dies waren zum Teil bereits neue und modernere Gebäude, die Zug um Zug auf dem anschließenden weiten Gebiet der Universität gebaut wurden. Der Studientag bestand aus den nach einem Plan zu absolvierenden Arbeiten im Labor, dem Besuch diverser Vorlesungen und dem Absolvieren von Kolloquien, in denen die theoretischen Grundkenntnisse nach wissenschaftlichen Grundlagen unserer Labortätigkeit gelehrt und mit entsprechenden Prüfungen testiert wurden. Die Vorlesungen ergänzten schließlich die Wissensvermittlung für die laufenden Prüfungen. Ohne diese zu bestehen gab es kein erfolgreiches Weiterkommen im Studium. Letztendlich war diese Kombination einer praxisbezogenen Ausbildung mit der akademischen Lehre die eigentliche universitäre Bildung. Selbst wenn das Studium der Pharmazie einen zeitlich begrenzten Rahmen vorgab, wurden damit auch immer Anregungen zu eigenen weiterführenden Interessen, und eventuell dazu, auch Umwege zu gehen, gegeben. So konnte man Dinge erfahren, die sich nicht im eigentlichen Studienplan befanden und so genutzt werden konnten. Die dafür erforderliche Zeit musste man einplanen können. Die heute üblichen Studiengänge mit Bachelor- und Masterabschluss mit ihrem zeitlich begrenzten Punktesystem lassen dies nur noch bedingt zu.

So begleitete mich im Studium immer die Frage nach einem zeitgerechten und sinnvollen Berufsbild des Apothekers. War das alte Leitbild als »Pillendreher« nur noch ein Relikt aus vergangenen Zeiten, dann gab es hier Handlungsbedarf. Denn durch die zunehmende industrielle Herstellung von Arzneimitteln drohte dieser Beruf zu dem eines überflüssigen, rein kaufmännischen Arzneimittelhändlers abzudriften, für den eine akademische Ausbildung nicht mehr zu vermitteln war. Selbst die, mit abnehmender Tendenz, noch in der Apotheke erhältliche individuelle Rezeptur reichte da als Rechtfertigung nicht mehr aus. Da der Beruf des Apothekers aber inzwischen nicht nur auf die Tätigkeit in einer öffentlichen Apotheke beschränkt, sondern auch in Industrie, Klinik und Behörden gefragt war, mussten zwangsläufig neue Berufsfelder definiert werden.

8_1: Ehemalige Flakkaserne, Stabsgebäude und Kasino (1938–40)

So kam sinnvollerweise durch diese neuen Anforderungen der Begriff des Arzneimittelfachmannes mit seinen Facetten Arzneimittelherstellung und Arzneimittelwirkung auf. War die Arzneimittelherstellung bislang eine empirische Tätigkeit gewesen, entwickelte sich daraus eine wissenschaftliche

Disziplin, Galenik genannt. Diese wurde an den Universitäten mit einem entsprechenden Lehrstuhl gefördert und stetig ausgebaut. Sie wurde zu einer professionellen Ausbildung, besonders in Hinsicht auf eine spätere Tätigkeit in der Industrie. Die Arzneimittelwirkung war ursprünglich ein Fach der Medizin, Pharmakologie genannt. Da diese aber zudem zur Beurteilung von Arzneimitteln gehörte, wurde sie zunehmend auch eine Grundlage der Apothekerausbildung.

8_2: Die Domus Universitatis, die Alte Universität (1615–18, 1951/52)

Der Weitsicht unserer damaligen Lehrer ist es zu verdanken, dass diese neue Einsicht heute in unserem Berufsbild fest verankert ist und mir persönlich die Zukunft meines

Berufes vorgab. So ist es dem persönlichen Engagement unseres Prof. Dr. med. Dr. rer. nat. Ernst Mutschler zu verdanken, dass er die Pharmakologie zusammen mit einem ihrer Väter, Prof. Dr. Kuschinsky, auch für Pharmazeuten als Lehrfach einführen half. Außerplanmäßig nahm ich daher neben meinem Pharmaziestudium die Gelegenheit wahr, Vorlesungen und Praktika in Pharmakologie zu belegen. In zusätzlich geführten Diskussionen mit beiden Professoren sowie Gleichgesinnten wurde ich für meinen weiteren Berufsweg bestärkt.

Damit hatte sich das alte Image der Angehörigen dieser Berufsgruppe als »Schmalspur-Chemiker« in ein neues und für die Gesellschaft sinnvolles Berufsbild gewandelt. Leider hing der Inhalt des Studiums noch lange an den alten Zöpfen und war den neuen Anforderungen gegenüber unflexibel. Auch der Gesetzgeber ließ jegliche Anpassung an ein neues Berufsbild des Apothekers an diese neuen Er-

Der Mainzer Fastnachtsbrunnen

kenntnisse vermissen und erst unter großen Verzögerungen zu. Zudem ist es der Weitsicht unserer damaligen akademischen Lehrer und der Eigeninitiative vieler gleich denkender Kolleginnen und Kollegen zu verdanken, dass es unter anderem in der Werbung für Arzneimittel immer heißt: »Zu Wirkungen und Nebenwirkungen fragen Sie Ihren Arzt oder Apotheker!«

Mit diesen Ideen ausgerüstet und voller Erwartungen, bestand ich im Jahre 1964 das pharmazeutische Staatsexamen. Ein Jahr später erhielt ich nach einem praktischen Jahr in einer öffentlichen Apotheke die Approbation als Apotheker und wurde damit in das Berufsleben entlassen.

Hier stellte sich dann auf Grund meiner weiteren Vorstellungen die Frage nach einer Promotion, was in dieser Zeit eine ganz andere Bedeutung hatte als die heute weitgehend bekannte. Sie dauerte, so man auf Grund einer Qualifikation angenommen wurde, in den naturwissenschaftlichen Fächern etwa drei Jahre und war in der Ausübung an die Fakultät gebunden. Dabei musste man für wenig Salär als Semesterassistent tätig sein und die Studierenden fachlich betreuen. Damit war eine nebenberufliche Tätigkeit außerhalb der Universität nur in Ausnahmefällen möglich.

So entschied ich mich, meine fachlichen und wissenschaftlichen Schwerpunkte durch eine fundierte Weiter- und Fortbildung zu realisieren und auf einen akademischen Titel zu verzichten.

Was tat sich noch?
»Student sein«

Mit den Worten »Student sein« beginnt ein altes Studentenlied. Es beschreibt die Freiheit und Unbekümmertheit des studentischen Lebens. Darüber lässt sich in der heutigen Zeit trefflich streiten und vielleicht auch lächeln. Im Zeitalter von Bachelor und Master scheint dies zumindest ein Relikt aus alter Zeit zu sein.

So stammen auch die Vorstellungsbilder über Verbindungen aus dem 19. und den Anfängen des 20. Jahrhunderts und entsprechen in keiner Weise mehr der heutigen Zeit. Auf Grund des heutigen Mainstreams bin ich mir bewusst, dass ich jetzt gezeichnet bin und mit vorgefassten Meinungen leben muss, die ich gerne widerlegen möchte! Was ist da heute anders?

Das eingangs erwähnte alte Studentenlied beschreibt die Freiheit und Unbekümmertheit des ursprünglichen studentischen Lebens. War es damals üblich, dass die meisten Studenten, weibliche gab es noch wenige, Mitglieder in einer studentischen Korporation wurden, um sich von der Masse als privilegiert abzuheben und auch noch einen gewissen Dünkel zu pflegen, hat sich dieses Bild gewaltig verändert. Leider wird diese Vorstellung wider besseres Wissen heute in der Öffentlichkeit weiter gepflegt. Ja, die heutigen Korporationsstudenten werden mit diesem Bild stigmatisiert und in den Medien undifferenziert auch so dargestellt. So werden aus Unkenntnis erfolgreich alle Verbindungen als Burschenschaften bezeichnet. Diese sind aber nur ein Teil davon und einzelne davon werden wiederum mit ihrer Rechtslastigkeit in der Öffentlichkeit symbolisch mit allen anderen Bünden gleichgesetzt und diese damit in eine rechte und reaktionäre Ecke gestellt. Dabei werden in Teilen unserer Gesellschaft schon Begriffe wie Tradition und konservativ als rechtsorientiert und »von gestern« eingestuft. Beide Begriffe werden oberflächlich und mit der landläufigen Wendung »Man muss ja schließlich mit der Zeit gehen, da ist so etwas nicht mehr zeitgemäß!« negativ abgetan. Der Mainstream tut dabei aus Unwissenheit und mit oberflächlich-negativen Darstellungen sein Übriges, um diese Ansichten in der Gesellschaft zu verfestigen. So verstehe ich konservativ sein nach einem Zitat von Ernst Jünger wie folgt: »Konservativ ist nicht ein Hängen an dem, was gestern war, sondern ein Leben aus dem, was immer gilt!« Also kritisch reflektieren, nicht vorschnell ideologisieren, ja, es ist eine Auszeichnung und keine Diffamierung. Dabei gilt es, den Markennamen »konservativ« von den Schmutzfinken auf den äußersten Plätzen zurückzuholen und aufzupolieren.

Eintritt in eine studentische Verbindung

Tradition hatte für mich immer einen hohen Stellenwert, wenn sie denn nicht missbraucht wird. Sie muss nur richtig gepflegt werden, sie ist kein Festhalten an alten Zöpfen, sondern eine ständige Herausforderung und Erneuerung durch Erfahrung. Durch Erfahrung kann das Moderne deutlicher und intensiver wahrgenommen und eingeschätzt werden. Mit diesen Begriffen setzt sich bis heute unsere Gesellschaft häufig sehr oberflächlich auseinan-

der und da sind studentische Korporationen ein gefundenes Fressen!

Die Neugier und die Suche nach der Wahrheit trieben mich einfach zum Besuch und Kennenlernen einiger studentischer Verbindungen. Dabei stellte ich fest, dass es, wie in unserer pluralistischen Gesellschaft hinlänglich üblich, unter diesen studentischen Korporationen auch sehr unterschiedlich ausgerichtete gibt: politische, apolitische, konfessionelle und nach bestimmten Leitsätzen lebende.

Bei einer apolitischen Verbindung, in der alle auf dem Grundgesetz stehenden Mitglieder von unterschiedlichen Parteien ihre Gemeinschaft pflegten, blieb ich schließlich nach mehreren Besuchen hängen. Deren Wahlspruch: »Ernst in der Wissenschaft – Treu in der Freundschaft«, überzeugte mich einfach. Die Mitglieder wiederum überzeugten mich in ihrem Auftritt, in persönlichen Gesprächen und in ihren Berufen und Funktionen in der Gesellschaft nach Beendigung des Studiums. Es waren keine, wie in der Öffentlichkeit kolportiert, Leute der Vergangenheit, die einer veralteten und reaktionären Vergangenheit frönten und dies auch noch mit dem Tragen von Band und Mütze dokumentieren. Nein, es war eine Gruppe von Jung und Alt, die sich im persönlich gelebten Bereich generationsübergreifend verbunden fühlte. Wer allerdings in der heutigen Zeit mit einer lebenslänglichen Bindung nichts mehr am Hut hat, der ist hier einfach fehl am Platz. Die untereinander gepflegte Toleranz, die Umgangsregeln und Erfüllung von Pflichten überzeugten mich einfach.

Nach meinem Eintritt lernte ich Kommilitonen der verschiedensten Fakultäten mit ihren Zielen und Problemen kennen. Ohnehin war mir der alleinige Umgang mit Fachkollegen aus dem Studium zu wenig und nicht sehr zielführend. So war die tägliche Begegnung mit Kommilitonen anderer Fächer, das Erlernen demokratischer Spielregeln auf den wöchentlichen Versammlungen, Convente genannt, und das Zusammenleben im Verbindungshaus ein wertvoller Gewinn. Die Verpflichtung zur freien Rede, die Übernahme von Pflichten und Posten, der tägliche Umgang mit den verschiedensten Menschen wurden mir zu einer wertvollen Ergänzung und einem positiven Antrieb für das spätere berufliche und gesellschaftliche Leben. Lebensbund, Freundschaft, basisdemokratische Entscheidungen pflegen und leben, Verantwortung lernen und übernehmen – das waren keine hohlen Phrasen, das hat mir meine studentische Verbindung mit auf den Weg gegeben.

☿ Episode 10

Approbation als Apotheker

Heirat

Nachdem ich nach einem zehnsemestrigen Studium mein Staatsexamen ablegen konnte und eine einjährige vorgeschriebene Zeit in einer öffentlichen Apotheke, Approbationsjahr genannt, absolviert hatte, erhielt ich die staatliche Genehmigung, nunmehr als bestallter Apotheker tätig zu sein. Dieses bedeutete natürlich eine Umstellung auf neue Gewohnheiten. War das Studentenleben in einem gewissen Rahmen einer eigenen Zeitgestaltung geschuldet gewesen, galt es jetzt, in festen Arbeitszeiten tätig zu sein.

Mit dem Erhalt der Approbation als Apotheker standen mir nun alle Möglichkeiten zur Ausübung des Berufes offen. Die Frage nach einer anschließenden Promotion hatte sich aus den bereits geschilderten Umständen erledigt. In eine öffentliche Apotheke zu gehen und ein Dasein »hinter dem Tresen« zu führen, war zunächst nicht das gewünschte Ziel meiner Ambitionen. Also beschloss ich, erst einmal in die Pharmaindustrie zu gehen.

Inzwischen heiratete ich 1964 meine ehemalige Klassenkameradin Gudrun, die inzwischen Lehramt studierte und dieses auch mit viel Engagement in einer Frankfurter Schule ausübte. Sie war mir in der Klasse immer mehr als sympathisch und dann zum Verlieben aufgefallen. Ihre Liebe zu den naturwissenschaftlichen Fächern und besonders der Mathematik ergänzten meine beginnende Zuneigung. Mit dem gemeinsam bestandenen Abitur wurde aus Zuneigung Liebe, die bis zum heutigen Tag andauert.

Ich trat bei der Firma Nattermann in Köln, einer tonangebenden Firma im Bereich der Herstellung von pflanzlichen Präparaten, eine Stelle in der Herstellung an. Das großindustrielle Herstellen von Hustensäften, Extrakten und Teemischungen war eine neue und interessante Tätigkeit. Da die Firma auch im Ausland eigene pflanzliche Anbauplantagen betrieb, sollte ich später als Assistent dort meine ersten Sporen für eine später leitende Position in der Firma bekommen.

Es kam aber anders! Ein angedachter Plan, vorübergehend nach Indien ziehen zu müssen, war aus familiären Gründen nicht umsetzbar. So zog es mich nach einer etwa einjährigen Tätigkeit in der Industrie dann doch in eine öffentliche Apotheke. Es ergab sich die Gelegenheit, eine kleine Landapotheke in dem kleinen Dorf Lieblos bei Gelnhausen im Bundesland Hessen zu pachten. Dabei war der Vater des Gedankens: wenn es schiefgeht, kann man ja nach drei Jahren nach neuen Ufern Ausschau halten. Aus dieser kleinen Landapotheke wurde schließlich mein Lebenswerk! Mit aller Energie machte ich mich an die Arbeit, diese Apotheke aus ihrem Dornröschenschlaf zu wecken.

Existenzgründung

Berufliche Schwerpunkte

Denn was ich dort vorfand, war alles andere als zukunftsfähig. Doch ich witterte Potenzial, wenn ich mit Energie und Engagement zu Werke ginge. Dazu gehörte auf Grund der vorgefundenen Verhältnisse auch viel Idealismus und Einsatz, da ich nur eine Mitarbeiterin vorfand, die aber sehr engagiert mithalf. Bald zeigte sich, dass ich mit meiner gewitterten Potenzialprognose nicht falsch gelegen hatte. Die von mir im Studium gehegten Visionen des Apothekerberufes konnte ich hier ohne jegliche Hindernisse nunmehr frei umsetzen.

Da die individuelle Beratung der Kunden und die mögliche Eigenherstellung von Arzneimitteln bald zu meinem Markenzeichen in der Umgebung wurden, kamen die Kunden nicht nur aus dem Örtchen Lieblos in die Apotheke. Diese Akzeptanz und die weitere Umsetzung von Ideen verlangte nach mehr Mitarbeitern. So gab meine Ehefrau ihren geliebten Lehrerberuf auf, machte in der Apotheke ein zweijähriges Praktikum und schloss dieses mit dem pharmazeutischen Vorexamen ab. Damit wurde sie, nun beruflich qualifiziert, zu meiner großen Stütze. Eine große Freude war es dann, neben den beruflichen Anforderungen die Familie zu vergrößern. Schließlich krönten drei tolle Söhne unser familiäres Zusammensein.

Die zunehmende Erweiterung des Umsatzes und die vielen zusätzlichen Dienstleistungen sprengten den bisherigen räumlichen Rahmen und verlangten nach mehr Personal. So kaufte ich zunächst die bis dahin gepachtete Apotheke und erwarb daraufhin ein entsprechendes Grundstück in der Ortsmitte, auf dem ich ein Haus mit Apotheke und Wohnung darüber baute. Damit konnte ich meine Vision einer modernen Apotheke mit all ihren möglichen Dienstleistungen nach meinen Vorstellungen in die Tat umsetzen. Im Volksmund des Dorfes nannte man diese »Pharmaziepalast«.

Hier nun konnte ich meine Ambitionen verwirklichen.

Dabei waren mir zwei Säulen des Apothekerberufes wichtig. So war es meine Überzeugung, dass das Berufsbild nur dann eine Zukunft haben würde, wenn es die alte Profession der Arzneimittelherstellung durch moderne Mittel und deren Erkenntnisse mit umfassenden Kenntnissen der Arzneimittelwirkung vereinte und weiterentwickelte. War diese Säule der eigentliche Ursprung des Apothekerberufes und auch nie in Frage gestellt worden, galt es, sie mit modernen Mitteln zu erhalten und weiterzuentwickeln.

In die weitere Zukunft wies für mich aber eine zweite Säule, mit der es Neufeld zu betreten galt. Mit dem Wissen über Arzneimittelwirkung als Basis war die Chance gegeben, im Bereich der Gesundheitsvorsorge und Prävention tätig zu werden. In diese zunehmend gesellschaftliche Aufgabe galt es auch den Apotheker einzubringen. Ausbildung und Studium der Pharmazie mit ihrem breiten Fächer stellten Möglichkeiten bereit, die es zu nutzen galt. Dabei war vorauszusehen, dass es hier von anderen Berufsgruppen Gegenwind geben würde, obwohl diese Tätigkeit zwar beansprucht, aber von diesen nie sinnvoll wahrgenommen wurde. Vielleicht war es auch nur eine reine Besitzstandswahrung anderer im

Gesundheitswesen Tätiger! Selbst von Berufskollegen gab es dabei anfänglich Widerstand. Auch die Krankenkassen blockten dieses Angebot mit scheinheiligen Begründungen ab. Galt es doch, eventuell dafür Honorare zu zahlen!

Eine ganz neue Perspektive ergab sich auch dadurch, dass man in dem neuen Gebäude auch außerhalb der gewohnten Apothekenräume Vorträge abhalten und Informationen vermitteln konnte.

Auf alle Fälle war mir klar, dass die wissenschaftliche Ausbildung zum Apotheker für eine solche Aufgabe genügend Grundlagen bereitstellte. Allein nur kaufmännisch zu agieren, Vollstrecker fremder Anweisungen ohne Kommentar zu sein und auf Arzneimittel auch noch Rabatte zu geben, das konnte nicht im Sinne eines seriösen Berufsbildes mit einer akademischen Ausbildung sein! Nur den Arzneimittellogistiker zu spielen, das war einfach zu wenig. Beides können andere Berufe wesentlich professioneller und effektiver. Leider haben das selbst eigene Kollegen bis heute nicht verstanden! Die Krämerseele lässt, allen Äußerlichkeiten zum Trotz, grüßen!

Die Offizin (Verkaufsraum) einer Apotheke einst.

ⓨ Episode 11

Die Arzneimittelherstellung einst

Das Schreiben von individuellen Rezepturen wurde inhaltlich als eine ärztliche Kunst bezeichnet. Dabei war die Ausstellung eines Rezeptes schon nach Schrift und Form häufig eine Kunst für sich.

Der Inhalt wurde in lateinischer Sprache und handschriftlich durch den verordnenden Arzt auf dem Rezept niedergeschrieben und dem Apotheker zur Ausführung vorgelegt. Dieses erforderte beim Apotheker eine ungewöhnliche Kenntnis von den sehr individuell und häufig schwer zu identifizierenden Handschriften des Arztes.

Juristisch hat das ärztliche Rezept einen Urkundencharakter und darf nicht von anderen Personen geändert werden.

Das Rezept, so hieß es immer, hat den Charakter eines Zwiegespräches zwischen Arzt und Apotheker

Für den Patienten war und sollte damit auch nicht der Inhalt des Rezeptes erkennbar sein.

Daher kommt auch der Ausdruck im Volksmund: Der hat ja eine Schrift wie ein Arzt oder Apotheker!

So war die ursprüngliche Herstellung von Arzneimitteln eine handwerkliche Kunst, die auf reiner Erfahrung und Empirie beruhte.

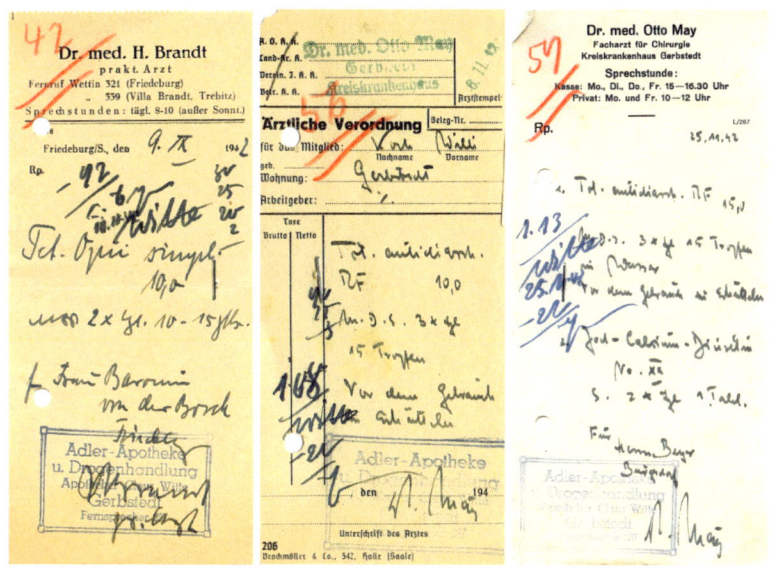

Ärztliche Rezepte aus den 40-iger Jahren

Alte Apotheken-Herstellungsgeräte

Mit der industriellen Herstellung und deren Standardisierung sowie der heutigen elektronischen Erfassung von Daten gehört diese Regelung der Vergangenheit an.

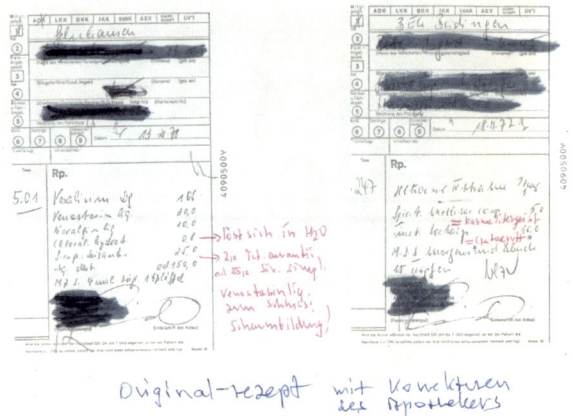

Original-Rezepte mit Korrekturen des
Apothekers aus den 70-iger Jahren

Heutige Rezepte zur elektronischen Erfassung

☿ Episode 12

Die aktuelle Arzneimittelherstellung und ihre Folgen

Ich war mir darüber im Klaren, dass in der Apotheke hergestellte Arzneimittel Qualitätskriterien erfüllen mussten. Qualität ist unteilbar, ob industriell oder individuell hergestellt! Damit ging ich zu Werke. So errichtete ich ein mit neuesten Geräten ausgerüstetes Labor, in dem eigene Arzneimittel hergestellt und auch auf Qualität kontrolliert werden konnten. Waren dies anfänglich auf ärztliches Rezept verordnete Individualrezepturen oder nach Vorschriften aus Arzneibüchern abgeleitete Standardrezepturen, die in größeren Mengen vorrätig gehalten und als Defekturen bezeichnet wurden, baute ich mir ein Sortiment von Eigenpräparaten auf. Dieses bestand aus mehreren Präparatereihen:

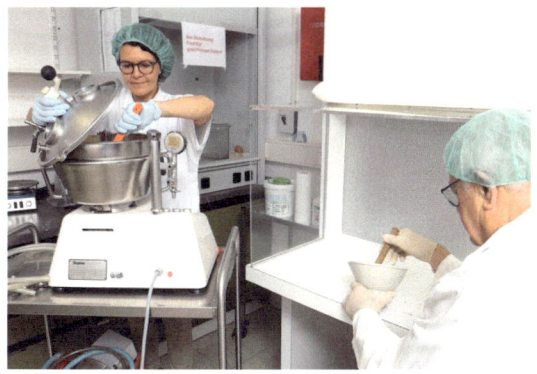

Salbenherstellung heute

Die Herstellung von Fertigpräparaten

Pflanzliche Präparate

Diese werden auch Phytophar-
mazeutika genannt. Sie wurden
von mir hergestellt und entsprechend unter dem Namen *Hufa*
vertrieben. Es waren Tropfen
für die kleinen täglichen Malai-
sen bei Erkältung sowie Magen-,
Darm- und Kreislaufbeschwer-
den.

Salben, Cremes und Zäpfchen

Diese sind alte Arzneiformen, die Apotheker traditionell und
individuell auf ärztliche Verordnung herstellen. Ich entwickelte daraus fertige Präparate unter dem Namen »*Diwi*« mit
den generischen Namen besonders für Kinder.

DIWIPECT-HUSTEN-KAPSELN		DIWIPECT-HUSTEN-KAPSELN	
Zusammensetzung: 100 Kapseln enthalten:		**Zusammensetzung:** 100 Kapseln enthalten:	
Guajacolglycerinäther	1,0	Guajacolglycerinäther	1,0
Ephedrin	0,5	Ephedrin	0,5
Oxeladincitrat	4,0	Oxeladincitrat	4,0
Extr. Primulae	0,5	Extr. Primulae	0,5
Extr. Thymi	0,5	Extr. Thymi	0,5
Inhalt: 20 Kapseln		**Inhalt: 20 Kapseln**	
Apothekenpflichtig	Zul.-Nr.	**Apothekenpflichtig**	Zul.-Nr.
Vor Kindern sichern!	**Packungsbeilage beachten!**	**Vor Kindern sichern!**	**Packungsbeilage beachten!**

DIWIPECT-HUSTEN-KAPSELN

Anwendungsgebiete :
Gegen Hustenreiz und bei Bronchitis.

Dosierung und Anwendungsweise :
Wenn vom Arzt nicht anders verordnet, nimmt man
3 mal täglich 1-2 Kapseln unzerkaut mit etwas Flüssigkeit
vor oder nach dem Essen ein.

®FALKEN-APOTHEKE
APOTHEKER CLAUS WITTE · 6466 GRÜNDAU 1

DIWIVAL-ZÄPFCHEN für Kinder

Zusammensetzung : 1 Zäpfchen enthält:

Paracetamol	0,2 g
Extr. Valerianae spir. spiss.	0,2 g
Extr. Humuli lup. spir. spiss.	0,2 g
Guafenisin	0,05 g
Adeps solidus	ad 2,0 g

Inhalt : 10 Zäpfchen für Kinder

Apothekenpflichtig   Zul.-Nr.

Vor Kindern sichern !   Packungsbeilage beachten !

DIWIVAL-ZÄPFCHEN für Kinder

Anwendungsgebiete :
Ruhigstellung bei Säuglings- und Kinderkrankheiten,
bei Fieber- und Schmerzzuständen, grippalen Infekten,
sowie Prophylaxe von Fieberkrämpfen.

Dosierung und Anwendungsweise :
Bis 3 mal täglich 1 Zäpfchen.

®FALKEN-APOTHEKE
APOTHEKER CLAUS WITTE · 6466 GRÜNDAU 1

ACETUBER SUPP. für Erwachsene

Anwendungsgebiete :
Erbrechen verschiedener Ursache, wie Reisekrankheiten,
Erbrechen bei Infektionskrankheiten
und nach Medikamenteneinnahme.

Dosierung und Anwendungsweise :
Falls vom Arzt nicht anders verordnet:
Bis 3 mal täglich ein Zäpfchen.

®FALKEN-APOTHEKE
APOTHEKER CLAUS WITTE · 6466 GRÜNDAU 1

ACETUBER SUPP. für Erwachsene

Zusammensetzung : 100 Zäpfchen enthalten :

Diphenhydramin	7,5
8-Chlortheophyllin	4,0
Cocarboxylase	8,0
Glucose	q. s.
Pyridoxin	4,0
Kaliumchlorid	1,2
Na.-dihydrogenphosphat	2,8
Ad. solidus	ad 200,0

Warnhinweise : Acetuber darf nicht gegeben werden
bei akuten Vergiftungen und Epilepsie.

Inhalt : 6   12 Zäpfchen

Apothekenpflichtig   Zul.-Nr.

Vor Kindern sichern !   Packungsbeilage beachten !

DIWIPECT
5 Erkältungszäpfchen 5
für Säuglinge und Kleinkinder bis zu drei Jahren

GALENIKA
Apotheker Claus Witte · 6466 Lieblos

Ein Zäpfchen enthält:

Menthol	0,001 g
Eucalyptol	0,030
Guajacol	0,012
Kampfer	0,020
N-acetyl-p-amino-phenol	0,125
Massa Supp. q. s. für 1 Zäpfchen	

Anwendung : Bei entzündlichen Erkrankungen der Atem-
wege, fieberhaften Erkältungen und Grippe.
Dosierung : Je nach Vorschrift des Arztes 1-3 mal täglich 1 Zäpfchen einführen.

Apothekenpflichtig   **Kühl lagern !**

GALENIKA
Apotheker Claus Witte · 6466 Lieblos

DIWIPECT
5 Erkältungszäpfchen 5
für Kinder über drei Jahre

GALENIKA
Apotheker Claus Witte · 6466 Lieblos

Ein Zäpfchen enthält:

Menthol	0,010
Eucalyptol	0,060
Guajacol	0,012
Kampfer	0,040
N-acetyl-p-amino-phenol	0,250
Massa Supp. q. s. für 1 Zäpfchen	

Anwendung : Bei entzündlichen Erkrankungen der Atem-
wege, fieberhaften Erkältungen und Grippe.
Dosierung : Je nach Vorschrift des Arztes 1-3 mal täglich 1 Zäpfchen einführen.

Apothekenpflichtig   **Kühl lagern !**

GAL... ...Witte · 6466 Lieblos
Apotheker Claus ...

Ein Zäpfchen enthält:

Extr. Valerianae sicc. 200 mg
Extr. Humuli lup. sicc. 100 mg
Extr. Passiflorae sicc. 50 mg

Anwendung : Übererregbarkeit, Schlafstörungen,
Unruhezustände

Dosierung : Bei allgemeiner Unruhe über den Tag verteilt
2-3 Zäpfchen, bei Schlafstörungen abends
1 Zäpfchen einführen.

Apothekenpflichtig   **Kühl lagern !**

GALENIKA
Apotheker Claus Witte · 6466 Lieblos

DIWIVAL
10 Beruhigungszäpfchen 10
für Säuglinge und Kinder

GALENIKA
Apotheker Claus Witte · 6466 Lieblos

DIWILAX
10 Abführzäpfchen 10
für Erwachsene

GALENIKA
Apotheker Claus Witte · 6466 Lieblos

Ein Zäpfchen enthält:

Bisacodylum suppositorium 10 mg
Glykogelatinefettstoff 10 mg
Massa Supp.   q. s. für 1 Supp.

Anwendung : bei Verstopfung, die sofort behoben werden
soll. Insbesondere bei sehr hartem Stuhl.
Dosierung : bei Stuhlverstopfung 1, in sehr hartnäckigen Fällen
2 Zäpfchen, in den Mastdarm einführen. Die Wirkung
tritt sofort ein.

Apothekenpflichtig   **Kühl lagern !**

GALENIKA
Apotheker Claus Witte · 6466 Lieblos

HALS-NASEN-RACHEN-TROPFEN

Inhalt: 30 ml Tropfen

Falken-Apotheke
Apotheker Claus Witte
6466 Gründau-1
Gelnhäuser Str. 15 b

Anwendungsgebiete:
Akute katarrhalische und
chronische Tonsillitis
(Halsentzündungen), Seitenstrang-
angina, prophylaktisch bei
Neigung zu Mandelabszessen.

Dosierung und
Anwendungsweise:
Bei aufkommenden Erkältungs-
krankheiten sofort stündlich
einnehmen, besonders bei grippalen
Infekten und katarrhalischen
Erkrankungen des Hals-, Nasen-,
Rachenraumes.
Erwachsene: Stündlich 20 Tropfen.
Kinder: Stündlich soviel Tropfen
wie Lebensjahre.
Kleinkinder bis zu 3 Jahren:
Zweistündlich 9 Tropfen.
Säuglinge: Zweistündlich
4 bis 5 Tropfen.
Die Tropfen unverdünnt einnehmen
und im Mund zergehen lassen.
Dadurch erfolgt teilweise bereits
die Resorption in der
Mundschleimhaut.
Für Diabetiker geeignet,
enthält keinen Zucker!

Packungsbeilage beachten!

MAGEN-TROPFEN

Inhalt: 30 ml Tropfen

Apothekenpflichtig!
Zul.-Nr.

Vor Kindern sichern!

Falken-Apotheke
Apotheker Claus Witte
6466 Gründau-1
Gelnhäuser Str. 15 b

Zusammensetzung:
100,0 g enthalten:
wäßrig-äthanolischen Auszug aus:

Herba Basilici	1,0
Rad. Angelicae	2,0
Rhiz. Calami	3,0
Herba Cardui benedicti	2,0
Fruct. Carvi conc.	0,2
Herba Chelidonii	1,4
Cortex Condurango	0,4
Fol. Menthae pip.	2,0
Spiritus dil.	
Aqua purificata aa ad	100,0

Äthanolgehalt 55 % V/V

Vor dem Gebrauch
umschütteln!

Pflanzliche Präparate

Verschiedene Tonika der »Witt«-Reihe

Unter dem Namen »*Tonica*« werden im Volksmund Stärkungsmittel für die Selbstmedikation verstanden. Es sind häufig Gemische von pflanzlichen Bestandteilen und häufig in einer Weingrundlage mit entsprechenden Zusätzen für eine Geschmacksverbesserung. Es ist eine alte Arzneiform, deren Wirkungsnachweis aus alten Kräuterbüchern überliefert ist.

Sie ähneln auch dem alten Begriff der Mixtur. Diese waren in der Regel flüssige Arzneimischungen mit dem Vermerk: *Eventuelle Trübungen haben keinen Einfluss auf die Wirkung des Präparates – vor dem Gebrauch schütteln.*

Beispiele dafür sind der »*Pepsinwein*« oder der lange mit großer Resonanz konsumierte »*Schwedenbitter*« von Maria Treben.

Heute erfordert die Herstellung solcher Tonica eine Standardisierung in der Herstellung und Qualitätsanforderung. In unserer Neuzeit sind diese als Ergänzungs-Therapie bei bestimmten Erkrankungen zum Wohlbefinden und kleinen Unpässlichkeiten angezeigt.

So stellte ich auch zwei solcher Tonica her.

Für die Förderung der Verdauung waren dieses »*Cholewitt*«, zur Stärkung des Kreislaufs *Cardellowitt*.

Ein Magenpulver unter dem Namen »Barella«

Eine altbewährte Rezeptur gegen »Bäuerchen«, die ich von einem Kollegen übernahm. Sie wurde im gesamten Bundesgebiet vertrieben und hatte bald treue Abnehmer.

Tierarzneimittel

Als Landapotheke waren auch Tierhalter von Groß- und Kleinvieh unsere Kunden. So war es selbstverständlich, dass ich mich in der Herstellung von Tierarzneien betätigte. Grundlage für diese Präparate waren alte Rezeptsammlungen oder individuelle Herstellungswünsche bei allen möglichen Erkrankungen von Großtieren, wie Pferden und Kühen. Ein sehr beliebtes Präparat war ein Hustenpulver für Pferde, das auch von Tierärzten verordnet wurde.

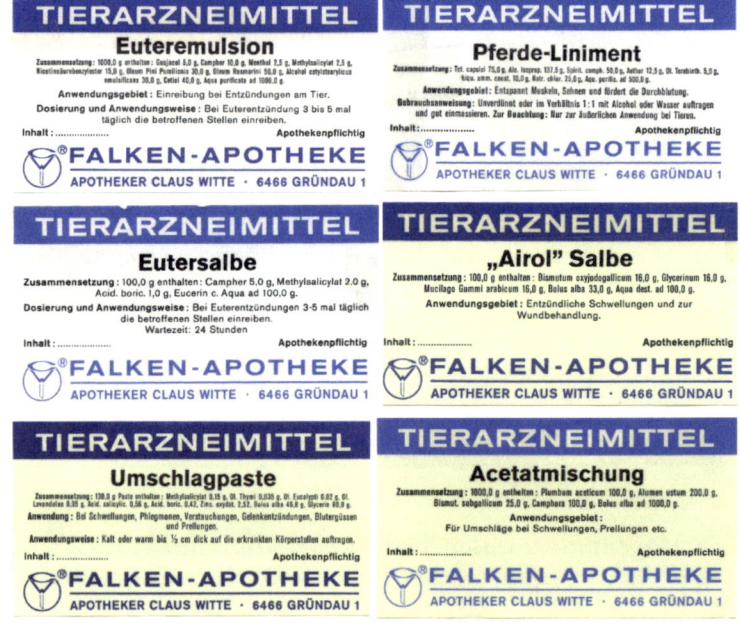

TIERARZNEIMITTEL

Pferde-Liniment

Zusammensetzung: Tct. capsici 75,0 g, Alc. isoprop. 137,5 g, Spirit. camph. 50,0 g, Aether 12,5 g, Ol. Terebinth. 5,0 g, Glyc. amm. caust. 60,0 g, Natr. chlor. 25,0 g, Aqua. purific. ad 500,0 g.

Anwendungsgebiet: Entspannt Muskeln, Sehnen und fördert die Durchblutung.

Gebrauchsanweisung: Unverdünnt oder im Verhältnis 1:1 mit Alcohol oder Wasser auftragen und gut einmassieren. Zur Beachtung: Nur zur äußerlichen Anwendung bei Tieren.

Inhalt: .... Apothekenpflichtig

FALKEN-APOTHEKE

APOTHEKER CLAUS WITTE · 6466 GRÜNDAU 1

TIERARZNEIMITTEL

Euteremulsion

Zusammensetzung: 1000,0 g enthalten: Guajacol 5,0 g, Camphor 10,0 g, Menthol 2,5 g, Methylsalicylat 7,5 g, Nicotinsäurebenzylester 15,0 g, Oleum Pini Pumilionis 30,0 g, Oleum Rosmarini 50,0 g, Alcohol cetylstearylicus emulsificans 30,0 g, Cetiol 40,0 g, Aqua purificata ad 1000,0 g.

Anwendungsgebiet : Einreibung bei Entzündungen am Tier.

Dosierung und Anwendungsweise : Bei Euterentzündung 3 bis 5 mal täglich die betroffenen Stellen einreiben.

Inhalt: .... Apothekenpflichtig

FALKEN-APOTHEKE

APOTHEKER CLAUS WITTE · 6466 GRÜNDAU 1

Die homöopathische Präparat-Reihe »Ehlie«

EHLIE-KOMPLEX

Tussilago-Sirup

Hustensaft

Ol. Anisi, Caustic. D 2, Cuprum D 6 aa 0,1, Teucr. Scerod. ⊖ 0,3, Plantago major. ⊖ 0,5, Hypericum ⊖ 1,5, Extr. fld. 1:1 aus : Florem Stoechados, Herb. Polygalae amar. aa 4,5, Stipites Dulcamarae 9,5, Herb. Polygoni avic. 15,6, Herb. Saniculae 9,1, Herb. Galeopsidis 11,4, Herb. Equiseti, Rad. Primulae aa 5,0, Fol. Farf., Rad. Liquiritiae, Herb. Millefolii aa 9,0, Korrig.: 906,5.

Gebrauchsanweisung : Wenn nicht anders verordnet, 3-4 mal täglich 1 Eßlöffel voll einnehmen.

Inhalt: 200 ml .... Apothekenpflichtig

FALKEN-APOTHEKE

APOTHEKER CLAUS WITTE · 6466 GRÜNDAU 1

EHLIE-KOMPLEX

Ledum

Bryonia D 2, Causticum D 4, Colchicum D 4, Ferr. phosph. D 8, Natr. phosph. D 4, Rhododendron D 3, Rhus Tox. D 4, Ledum D 2 aa ad 10,0.

Gebrauchsanweisung : Wenn nicht anders verordnet, 2 bis 3 mal täglich 8 bis 10 Tropfen einnehmen.

Inhalt: 20 ml .... Apothekenpflichtig

FALKEN-APOTHEKE

APOTHEKER CLAUS WITTE · 6466 GRÜNDAU 1

EHLIE-KOMPLEX

Hypoton

Saft

Convallaria ⊖ (Endpot. — D 4) 0,3, Veratr. alb. ⊖ (Endpot. — D 4) 0,5, Nux vomica ⊖ (Endpot. — D 4), Ambra D 2 aa 1,0, Chinin. arsenicos. ⊖ (Endpot. — D 4), Crataegus e flor. ⊖ (S. V. § 3), Cola ⊖ aa 10,0, China ⊖ 11,0, Calc. hypophosph. ⊖ 100,0, Korrig. ad 1030,0.

Gebrauchsanweisung : Wenn nicht anders verordnet, 3 mal täglich 1 Teelöffel voll einnehmen. Apothekenpflichtig

Inhalt: 200 ml

FALKEN-APOTHEKE

APOTHEKER CLAUS WITTE · 6466 GRÜNDAU 1

EHLIE-KOMPLEX

Psorin

Natr. chlorat. D 6, Graphites D 4, Psoricum D 30, Sepia D 3, Silicea D 4, Sulfur D 6, Sulfur jod. D 4 aa 10,0.

Gebrauchsanweisung : Wenn nicht anders verordnet, 2 bis 3 mal täglich 8 bis 10 Tropfen einnehmen.

Inhalt: 20 ml .... Apothekenpflichtig

FALKEN-APOTHEKE

APOTHEKER CLAUS WITTE · 6466 GRÜNDAU 1

EHLIE-KOMPLEX

Hypoton

Saft

Convallaria ⊖ (Endpot. — D 4) 0,3, Veratr. alb. ⊖ (Endpot. — D 4) 0,5, Nux vomica ⊖ (Endpot. — D 4), Ambra D 2 aa 1,0, Chinin. arsenicos. ⊖ (Endpot. — D 4), Crataegus e flor. ⊖ (S. V. § 3), Cola ⊖ aa 10,0, China ⊖ 11,0, Calc. hypophosph. ⊖ 100,0, Korrig. ad 1030,0.

Gebrauchsanweisung : Wenn nicht anders verordnet, 3 mal täglich 1 Teelöffel voll einnehmen. Apothekenpflichtig

Inhalt: 200 ml

FALKEN-APOTHEKE

APOTHEKER CLAUS WITTE · 6466 GRÜNDAU 1

EHLIE-KOMPLEX

Psorin

Natr. chlorat. D 6, Graphites D 4, Psoricum D 30, Sepia D 3, Silicea D 4, Sulfur D 6, Sulfur jod. D 4 aa ad 10,0.

Gebrauchsanweisung : Wenn nicht anders verordnet, 2 bis 3 mal täglich 8 bis 10 Tropfen einnehmen.

Inhalt: 20 ml .... Apothekenpflichtig

FALKEN-APOTHEKE

APOTHEKER CLAUS WITTE · 6466 GRÜNDAU 1

Weit über den Einzugsbereich meiner Apotheke hinaus bekannt wurde ich mit dem *Liebloser Darmfeger,* einem Kräuterschnaps, der bei allerlei Verdauungsbeschwerden anzuwenden war. Auch hier waren die Abnehmer weit über unser näheres Einzugsgebiet hinaus treue Kunden. Sie fungierten schließlich auch durch eine gewisse Mundpropaganda als ein kostenloses Werbemittel.

»*Wittes Hand-und Hautbalsam*« zur Hautpflege war neben weiteren hergestellten Salben und Cremes ein Renner für die Hautpflege.

Wurden diese Präparatereihen stufenweise auf- und ausgebaut, erforderte dies neben den erforderlichen Investitionen sowie geschulten und motivierten Mitarbeitern eine ständige fachlich-persönliche Weiterbildung.

Durch die Mitgliedschaft in einer beruflichen Weiterbildungsorganisation, der Arbeitsgemeinschaft für pharmazeutische Verfahrenstechnik, kurz APV, hielt ich mich ständig auf dem Laufenden hinsichtlich der aktuellen Qualitätsstandards. Hier arbeiteten alle mit Arzneimittelherstellung befassten Apotheker aus Apotheke, Industrie, Krankenhaus und Verwaltung aktiv zusammen und tauschten ihre Erfahrungen aus. Diese Tätigkeit motivierte ungemein. So wurde ich in dieser Fachgesellschaft Mitglied in verschiedenen Arbeitsgruppen, in denen ich mir ein weiteres Spezialwissen in der Arzneimittelherstellung aneignen konnte. Zusätzlich ergaben sich daraus weitere Aktivitäten in Bezug auf neue zu formulierende Arzneimittel, die wir in eigenen Versuchen im Apothekenlabor mitentwickelten.

Um alle diese Herstellungsaktivitäten abzusichern, war für die Qualitätssicherung ein effektiv-rationelles Kontrolllabor notwendig. Sind für Arzneimitteluntersuchungen in der Apotheke gesetzlich vorgeschriebene Laborgeräte vorgeschrieben, waren diese für diese Aktivitäten nicht ausreichend. Daher schaffte ich mir moderne und effektivere Geräte für die Arzneimittelanalytik an.

Neben diesen Investitionskosten mussten die Mitarbeiter entsprechend geschult werden.

Der Grundsatz »Qualität ist unteilbar« galt natürlich auch für die Arzneimittelherstellung in der Apotheke. Da sind keine Ausnahmen zulässig. Mit einer solchen Ausrüstung waren aber auch weitere Tätigkeiten möglich. So führten wir Auftragsuntersuchungen für Drogen, Wasser und Boden neben den eigen notwendigen durch.

⊙ Episode 13

Suche nach weiteren beruflichen Feldern

War mit den Aktivitäten zu einer modernen Arzneimittelherstellung im Apothekenlabor eine wichtige
Säule meines Apothekerdaseins errichtet, ergaben sich daraus weitere Felder meiner Berufsausübung. Innerhalb der
Apotheke war neben der eigentlichen Arzneimittelberatung
die Beratung in generellen Gesundheitsfragen für mich möglich und im Kundengespräch zunehmend gefragt.

Die Offizin (Verkaufsraum) der Falken-Apotheke heute

So führte ich sogenannte »Gesundheitswochen« ein, in denen ich Funktionsprüfungen wie Blutdruckmessung, Atmungsfunktion, Belastungstests und Blutuntersuchungen auf Zucker und Blutfette sowie Vorträge zur Gesundheitsvorsorge in den Apothekenräumen anbot. Sie waren zentraler Bestandteil dieser Aktivitäten und wurden natürlich, heute sind sie selbstverständlich, damals von Kollegen, aber auch von Ärzten misstrauisch verfolgt. Eine teilweise Zustimmung von Krankenkassen gab mir schließlich den Antrieb und Mut, diesen Weg fortzuführen.

Vortrag bei einer Selbsthilfegruppe

Nachdem diese ersten »Testversuche« in der Apotheke erfolgreich waren und ich damit weitere Zukunftsperspektiven und Dienstleistungen einer modernen Apotheke signalisieren konnte, engagierte ich mich auch außerhalb der Räumlichkeiten der Apotheke in der Gesellschaft. Vor Vereinen und Organisationen hielt ich Vorträge »rund um das Arzneimittel«, über seine Wirkungen und Nebenwirkungen und den richtigen Umgang mit ihnen, war zudem in der Drogenberatung aktiv und wurde nebenher Dozent an Fachschulen.

So begann ich in der Schule für pharmazeutisch-technische Assistenten in Frankfurt im Fach anorganische Chemie mit entsprechenden Laborpraktika und Arzneimittelherstellung zu unterrichten. An Krankenpflegeschulen unterrichtete ich das Fach Arzneimittellehre. Dieses Fach ist für die angehenden Pflegerinnen und Pfleger wichtig, gehen sie doch täglich mit der Verabreichung von Medikamenten mit bestimmten Inhalten an die Patienten um. So befassten sich meine Vorlesungen neben dem praktischen Umgang mit Arzneimitteln mit dem Wissen über erwünschte und unerwünschte Wirkungen.

Im Rahmen neuer Dienstleistungen gründete ich außerdem ein Gesundheitsforum, dessen Mitglieder Ärzte und im Gesundheitsbereich Tätige waren. Diese hielten Vorträge zu gesundheitsrelevanten Fragen und vertieften diese in Folgeseminaren. Diese Einrichtung schloss auch Selbsthilfegruppen ein, die wir ins Leben riefen und mit Rat und Tat unterstützten. Zusammen mit meinen engagierten Mitarbeitern betreuten wir Selbsthilfegruppen zu den Themen Schlaganfall, Diabetes, Stomaversorgung und Multiple Sklerose, denn die bundesweite Bewegung einer Selbsthilfe bei chronischen Erkrankungen ist für Betroffene meiner Ansicht nach mehr als existenziell notwendig. So werden Gesetzgeber und Krankenkassen stärker für deren Probleme nicht nur sensibilisiert, sondern häufig auch zum Handeln gezwungen. Im Umgang und in Gesprächen mit Betroffenen konnte ich mir neben deren Problemen auch ein vertieftes Wissen über deren chronische Erkrankungen aneignen und ihnen gerade im Wissen und Umgang mit Arzneimitteln helfen.

Während meines Studiums hatten wir auch die Gelegen-

Gebäude und Dienstleistungen der Falken-Apotheke

heit, die Qualifikation zur Untersuchung von Körperflüssig-
keiten, unter anderem für Blut und Urin, zu erlangen. Mit
Eintritt in die öffentliche Apotheke lernte ich dann das Angebot von Harnuntersuchungen auf Infektionen und eventuelle Schwangerschaften kennen. Mehr nicht! Blutuntersuchungen waren eine rein ärztliche Tätigkeit und wurden
als solche nur von den Krankenkassen honoriert. Dieses war
für mich ein Widerspruch. Einem Apotheker mit seinen ana-
lytischen Kenntnissen, der dieses auch in seinem Studium
erlernt hat, war das untersagt und als eine rein ärztliche
Tätigkeit definiert worden. Da zudem das Untersuchen von
Blut in Nachbarländern in Apotheken möglich ist, konnte
ich mich mit dieser Regelung nicht abfinden. Im Zuge von
Rationalisierungen und Qualitätsverbesserungen richteten
die niedergelassenen Ärzte sogenannte Laborgemeinschaf-
ten ein. Eine solche wurde auch in meinem Nahbereich mit
meiner Hilfe geschaffen. Neben einem ärztlichen Leiter war
dafür auch die Funktion eines Geschäftsführers und Fach-
mannes für Analysen notwendig. Auf Grund meiner Kenntnisse und Ausbildung konnte ich mich dafür bewerben und
zusammen mit Ärzten ein Gemeinschaftslabor für klinische
Chemie einrichten.

Aus all diesen Tätigkeitsfeldern baute ich mir schließlich
ein aktuell tätiges pharmazeutisches Versorgungszentrum
auf.

Neben dieser fachlich sehr interessanten Tätigkeit lernte
ich viele Ärzte persönlich kennen. Dabei ergaben sich sehr
interessante Fachgespräche und es wuchs das gegenseitige
Verständnis für die beiden Gesundheitsberufe. Obwohl man
immer in der Gesellschaft davon spricht, dass sich beide Be-

rufe trotz ihrer fachlichen Trennung ergänzen und aufeinander zum Wohle des Patienten angewiesen sind, habe ich außerhalb solcher Kontakte häufig andere Erfahrungen machen müssen. Seitens vieler niedergelassener Ärzte wird das fachliche Wissen des Apothekers aus verschiedenen Gründen nicht in Anspruch genommen. Sei es aus Unkenntnis solcher gegebenen Möglichkeiten, aus Eigennutz, aus Angst vor einer Preisgabe von Wissenslücken oder auch aus Bequemlichkeit. Hinzu kommt, dass sich viele Ärzte von Pharmavertretern fachlich besser beraten fühlen. Warum? Dafür gibt es die verschiedensten Gründe, die ich später näher erläutern werde. Häufig reduziert sich das Apotheker-Arzt-Verhältnis auf einfache, persönliche und profane Dinge, zum Beispiel auf den eventuell günstigen Bezug von Arzneimitteln und Kosmetika.

Leider gibt es Kolleginnen und Kollegen, denen das reicht. Ja, sie sehen in ihrem Hausarzt immer noch »die Dame oder den Herrn in Weiß«, denen man aus geschäftlichen Gründen zu dienen hat. Dass dieses aber auch anders geht und dies für beide Berufe befruchtend ist, habe ich in meinen verschiedenen beruflichen Tätigkeiten erleben dürfen!

☉ Episode 14

Perspektiven

Wandlung des Berufsbildes

Das bisherige Berufsbild des Apothekers wandelte sich zunehmend in eine rein kaufmännische und logistische Tätigkeit. Daher galt es, dieses seiner Ausbildung entsprechend neu zu definieren und nach neuen, aktuell passenden Berufsfeldern zu suchen. Dies war nicht leicht, zumal der Apothekerstand seine eigene bisherige Identität hatte, die von einigen engagiert vertreten und ausgeübt, aber von anderen unehrlich, oberflächlich und defensiv ausgeführt wurde. Hinzu kam das Problem, dass die bisherige Rolle des Apothekers eine vom Arzt bestimmte und dadurch passive war. Eine eigene, aktive Rolle zu entfalten, war daher nicht einfach. Für mich und viele gleichgesinnte Kollegen war klar, dass wir uns eine selbstständige und auch aktive Rolle in der Gesellschaft suchen mussten.

War die universitäre Ausbildung fachlich sehr komplex, bot diese doch viele Möglichkeiten, das Berufsbild des Apothekers aktiv in die Gesellschaft einzubringen. Dieses Vorhaben umzusetzen war jedoch nicht einfach. Materieller Egoismus und das Festhalten an alten Vorstellungen, die man als unabänderlich ansah, bildeten erste Hindernisse. Hinzu kamen restriktive Verhaltensmuster der Krankenkassen, die sich ja als Schutzpatron ihrer Mitglieder gerieren, in Wahrheit aber das gesamte Gesundheitswesen rein unter merkantilen Vorgaben betrachten und so sinnvolle Aktivitäten von dafür qualifizierten Berufsgruppen im Gesundheitswesen möglichst nur zum Nulltarif honorieren wollen.

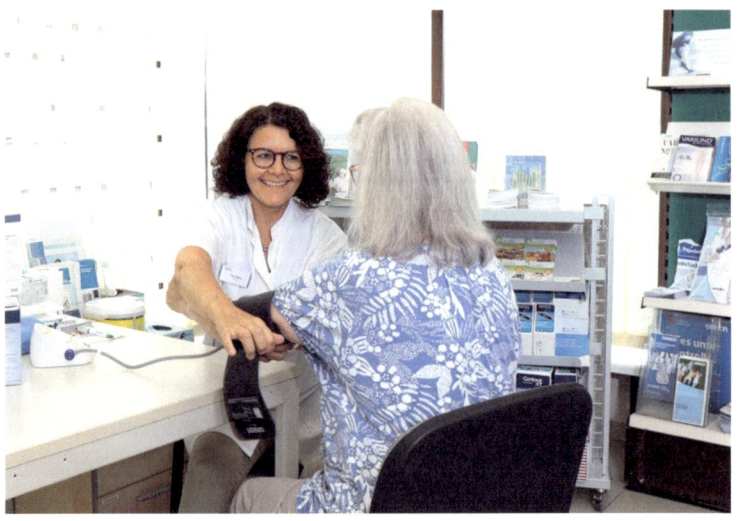

Blutdruckmessung und Blutabnahme im Beratungsraum

Dazu gesellten sich unterschiedliche Berufsauffassungen in der Kollegenschaft, die eine sinnvolle Erweiterung oder Veränderung des Berufsbildes rundweg ablehnten. Dieses hatte auch bequeme materielle Gründe, die zu verlieren einem Untergang gleichgekommen wäre!

So verteilten sich meiner Ansicht nach die beruflichen Vorstellungen bei einem großen Teil der Apotheker auf rein kaufmännisch-merkantile Interessen, die es um jeden Preis zu verteidigen galt, was auch eine Zeit lang der bequemere

Weg war. Hinzu kam, dass man für die Berufsausübung in der öffentlichen Apotheke nur einen verkehrsgünstigen Standort benötigte, um einen geldlich warmen Regen zu genießen. So entstand eine Apothekenvermehrung, die durch günstige Kredite von Banken und Großhandlungen begleitet und auch von der Gesellschaft entsprechend »gewürdigt« wurde. Berufliche Fähigkeiten und entsprechende Qualifikationen waren nicht gefragt und auch nicht gefordert. Ein anderer Teil der Kolleginnen und Kollegen sah ihren Beruf in erster Linie als qualifizierten Arzneimittelfachmann und fühlte sich in seinem Handeln dazu berufen. Ein überschaubarer Teil übte den Beruf in Wissenschaft, Industrie und Verwaltung mit entsprechenden speziellen pharmazeutischen Anforderungen aus.

Bei dieser ganz persönlichen Feststellung bin ich mir allerdings darüber im Klaren, dass die Ausübung des Apothekerberufes in einer öffentlichen Apotheke auch immer eine kaufmännische im medizinischen Bereich ist. Ja, es ist auch ein Spagat zwischen rein medizinischen und merkantilen Interessen, der legitim ist. Dieser darf aber nicht einseitig ausfallen! Dies wird in der Öffentlichkeit immer ein Nährboden für Kritik sein. So erinnere ich mich an so manchen Satz aus dem Volksmund: »Teuer wie in der Apotheke«, oder: »Der ist ja Apotheker, der hat es ja!«. Wenn wir aber mit unserem kaufmännischen Wissen für die Gesellschaft einen Nutzwert erzielen wollen, dann ist da nicht die Krämerseele mit Rabattangeboten oder die Logistik von Arzneimitteln gefragt, da dieses andere viel besser und professioneller können. Leider wollen das so manche Kolleginnen und Kollegen nicht begreifen.

Zusätzlich trägt der Versandhandel von Arzneimitteln zu dieser Entwicklung bei und man möchte da unbedingt mithalten. Leider sieht ein Großteil der Gesellschaft im Arzneimittel keine Ware besonderer Art, sondern einen täglichen Gebrauchsartikel, den es auch um jeden Preis billig zu erwerben gilt und über den notwendige Informationen aus dem Internet zu holen sind. Wenn dann in der Zukunft eine Arzneimitteltherapie nach Algorithmen erfolgt, wird es einer persönlichen Beratung durch den Arzt und Apotheker im Gespräch vor Ort nicht mehr bedürfen.

Darin sehe ich die größte Gefahr, da das persönliche Gespräch und eine individuell geführte Therapie in allen Fragen der Gesundheit noch immer die beste sein wird.

Neuerdings spricht man hinsichtlich der Rolle des Apothekers auch von der eines Pharmakoökonomen. »Was ist denn das?«, wird der Laie fragen. Ganz einfach: einer, der den fachlich richtigen und wirtschaftlichsten Einsatz von Arzneimitteln organisiert. Hierzu kann der Apotheker auf Grund seiner kaufmännischen und fachlichen Kenntnisse einen für die Zukunft wichtigen Beitrag leisten. In seiner Berufsausübung in Kliniken und auch bei den Krankenkassen tut er das bereits!

Hinzu kam für mich, getreu den Vorgaben meines akademischen Lehrers Prof. Dr. Ernst Mutschler, die zukunftsweisende Vorgabe:

»Der Arzt bestimmt den therapeutischen Weg – der Apotheker ist ein helfender Begleiter auf diesem Weg!«

Vor diesem Hintergrund war mein Berufsweg vorgezeichnet und in diesem Sinne betrachtete ich meine zukünftige Berufsausübung. Allerdings gab die bis dahin übliche Studienordnung im Fach Pharmazie noch zu wenig her. Eigeninitiative und ständige Weiterbildung waren gefragt. Für mich persönlich nehme ich in Anspruch, den Beruf des Apothekers als eine Berufung anzusehen und danach auch zu handeln!

Das bedeutete neben der Pflege der aktuell neuesten Arzneimittelherstellung auch die Beschäftigung mit der Arzneimittelwirkung. Letztere konnte ich bereits während des Studiums durch das Engagement des späteren Prof. Dr. Ernst Mutschler erlernen. Er zeichnete mit viel Engagement diesen Weg vor, indem er sich als einer der ersten Naturwissenschaftler mit der Pharmakologie befasste. War diese doch ein an sich medizinisches Betätigungsfeld, das aber von den Medizinern selbst meist nur am Rande wahrgenommen wurde. Hinzu kam der glückliche Zufall, dass Prof. Dr. med. Kuschinsky als einer der Gründerväter der Pharmakologie an der Universität in Mainz lehrte. So gab dieser auch Apothekern die Möglichkeit, in diesem Fach durch pharmakologische Praktika, Vorlesungen und Promotionen ihr Wissen über Arzneimittelwirkungen zu vertiefen. Diese Möglichkeiten nahm ich während meines Studiums und auch noch nach bestandenem Staatsexamen wahr und bildete mich laufend im Bereich der Arzneimittelwirkung und in den dafür notwendigen Grundlagen fort.

Schließlich stammte von Prof. Kuschinsky die zukunftsweisende Aussage: »Ein Arzneimittel, das keine Nebenwirkung hat, setzt sich dem Verdacht aus, dass es auch keine

Hauptwirkung hat!« Diese Aussage war für mich immer ein Postulat bei der Beratung in der Apotheke und in verschiedenen Vorträgen und Beiträgen, die ich in zunehmendem Maße halten und verfassen konnte. Anfänglich von vielen Medizinern als Eingriff in ihre Tätigkeit aufgefasst, wurde diese Einsicht im Laufe der Zeit endlich auch Bestandteil eines neuen und zeitgemäßen Berufsbildes des Apothekers. Dieses umso mehr, da der Apotheker, in der Öffentlichkeit ursprünglich als »Pillendreher« tituliert, mit dem Werbespruch »Zu Risiken und Nebenwirkungen fragen Sie Ihren Arzt oder Apotheker« in zunehmendem Maße als Arzneimittelfachmann Anerkennung findet, was uns wiederum fordert, dies nachhaltig zu tun. Dieses wird in vielen Fortbildungsseminaren vermittelt und auch zunehmend in den öffentlichen Apotheken umgesetzt.

Presseauszüge über Vorträge und Aktionen
zur Gesundheitsvorsorge und Prävention
in der Falken-Apotheke und des von ihr
initiierten Gesundheitsforums

Asthma Mobil besuchte Lieblos

Apotheker Claus Witte gab Besuchern jede Menge Informationen und Tipps

Kinderfest rund um die Falken-Apotheke in Lieblos

Hüpfburg und Spielmobil kamen bei den jüngsten Besuchern gut an

Arznei, die den Blutzucker senkt

Apotheker Claus Witte referierte

Gründauer Gesundheitsforum informiert

Vortrag über Schmerzen im Bewegungsapparat

Falken-Apotheke hilft Diabetes-Erkrankten

Fußmobil mit Mess- und Analysetechnik

Presseauszüge über Vorträge und Aktionen zur Gesundheitsvor- und Prävention in der Falken-Apotheke und des von ihr initiierten Gesundheitsforums

Gründauer Gesundheitsforum informiert

Ist der Schmerz zu lindern oder zu beseitigen?

Gründauer Gesundheitsforum informiert:

Chronische Darmerkrankungen ohne Heilung

Gründauer Gesundheitsforum informiert

Die homöopathische Hausapotheke

Gründauer Gesundheitsforum informiert

Herz-Kreislauferkrankungen führen zum Herzinfarkt

Gründauer Gesundheitsforum informiert

Inhalieren - eine Therapie ohne Nebenwirkungen

Gründauer Gesundheitsforum informiert

Altern: Ein natürlicher Prozess oder Krankheit?

Venenleiden: Vorbeugung, Diagnose und Behandlung

☟ Episode 15

Wirkungen und Nebenwirkungen im Beruf

Die berufliche Wende: Die Klinikversorgung und ihre Herausforderungen

Im Jahre 1983 wurde per Gesetz die Versorgung von Krankenhäusern mit Arzneimitteln durch eine Apotheke Pflicht. Häuser, die bis dahin keine eigene Klinikapotheke besaßen, mussten sich von einer externen Apotheke versorgen lassen. Dabei bedeutete eine Versorgung nicht die alleinige Belieferung mit Arzneimitteln, sondern auch eine Beratung über den fachlichen und rationellen Einsatz von Medikamenten in der Klinik, was heute als Pharmakoökonomie bezeichnet wird.

Diese Chance ergab sich für mich zunächst durch einen Versorgungsvertrag mit einem Krankenhaus im Umfeld und später mit weiteren Kliniken. Damit betrat ich absolutes Neuland, das für beide Seiten zunächst Überraschungen in fachlicher, logistischer und auch in finanzieller Hinsicht brachte.

Fachlich war es unumgänglich, dafür auch die Qualifikation für einen Klinikapotheker zu erlangen. Diese erreichte ich durch entsprechende Fort- und Weiterbildungen. Auch die Mitarbeiter mussten für diese neue Aufgabe entsprechend ausgebildet und geschult werden. Logistisch bedeutete diese Aufgabe eine stationsspezifische Belieferung des Hauses dreimal wöchentlich und eine ständige Rufbereitschaft für Notfälle rund um die Uhr. Organisatorisch kamen neue Herausforderungen hinzu, die den Umfang der Tätigkeiten in einer öffentlichen Apotheke neben den bisherigen gewaltig erweiterten. So konnten wir den Umfang nur durch ein entsprechend eingerichtetes EDV-System abwickeln. Dieses musste neben den Liefermengen auch Statistiken über den spezifischen Arzneimittelverbrauch der einzelnen Abteilungen abbilden. Selbstverständlich erforderten diese neuen Aufgaben auch finanzielle und räumliche Ressourcen, die es zu stemmen galt.

Was war denn nun die eigentliche berufliche Wende?

Mit der Klinikversorgung betrat ich eine neue Dimension der bisherigen Apothekertätigkeit, die ich bis dahin nur von der Theorie her kannte. So war neben der logistischen Beschaffung das Wissen über die Wirkung von Arzneimitteln und deren rational-wirtschaftlicher Einsatz mehr als gefragt. Dieses geschah in sogenannten Arzneimittelkommissionen, in denen die leitenden Ärzte der einzelnen Abteilungen, der Verwaltung und der Pflegedienstleitung in Zusammenarbeit mit dem Chefapotheker der Apotheke die entsprechenden Standards für einen sinnvollen Arzneimitteleinsatz vorgaben.

So absolvierte ich eine Ausbildung zum Apotheker für klinische Pharmazie, die den Schwerpunkt auf der Wirkung von Arzneimitteln, deren Alternativen und den wirtschaftlichen Umgang für das Haus hatte. Hinzu kamen in den einzelnen Stationen der Kliniken halbjährliche Arzneimittelkontrollen der Qualität und Menge der dort gelagerten Arzneimittelbestände, die für einen Zeitraum von höchstens zehn Tagen gelagert werden durften. Ergänzt wurde diese Tätigkeit durch fachliche Gespräche mit den Ärzten und dem Pflegepersonal vor Ort. Zunehmend kamen hierbei schon Fragen der Hygiene auf, besonders auch im Umgang mit Antibiotika und deren sinnvollem Einsatz. Hier war natürlich auch die Apotheke gefragt.

Da sich in diesem Zusammenhang Überschneidungen ergaben, auch im Zusammenhang mit der Hygiene des gesamten Hauses, wurden diese Fragen und Probleme in regelmäßig stattfindenden Sitzungen einer dafür gebildeten Hygienekommission geregelt. Deren Mitglieder bestanden aus den hygienebeauftragten Ärzten, der Pflegedienstverwaltung, der Apotheke und dem Leiter eines extern arbeitenden Hygieneinstitutes, das die erforderlichen Maßnahmen für die Hygiene vorgab und auch regelmäßig kontrollierte. Von diesem Gremium wurde schon sehr früh der Kampf auf multiresistente Keime aufgenommen. Grundsatz war die Kontrolle von geschulten Reinigungskräften und die Einhaltung der Regeln für Desinfektion und Händewaschen. Die Überwachung des richtigen Antibiotikaeinsatzes, um Resistenzen zu verhindern, war schon zu dieser Zeit ein absolutes Muss.

Die Geschäftsführung der Hygienekommission wurde mir als Apothekenleiter übertragen. Das zunehmend wichtige Thema der Hygiene erweiterte auf ganz neue Weise meinen Wissenshorizont und bestimmte auf diesem für mich neuen Gebiet viele bisher nicht gekannte Handlungsweisen neu. Die Gespräche mit den Ärzten erfolgten auf Augenhöhe und stellten somit auch immer einen beidseitigen Erfahrungsaustausch dar.

Diese neuen Tätigkeiten waren für mich eine weitere Erfüllung meines Berufes und motivierten mich zu einer ständigen Weiterbildung, um auch diese Aufgaben erfüllen zu können.

Daneben wurde eine neue und mit entsprechenden Qualitätsansprüchen geforderte Arzneimittelherstellung notwendig. So waren Spezialanforderungen für die Pädiatrie sowie individuell verschiedene Salben und Cremes für das gesamte Haus herzustellen. Eine neue und interessante Herausforderung war die Herstellung von sterilen Produkten in dafür zu schaffenden Reinräumen in unserem Labor. Dieses musste mit entsprechend hohen Kosten für spezielle Geräte und Plätzen erweitert werden. So stellten wir individuelle Mischinfusionen, Ernährungsregime und Zytostatika auf Grund der speziellen ärztlichen Anforderungen her. Diese Tätigkeiten erforderten eine permanente Weiterbildung aller damit beschäftigten Mitarbeiterinnen und Mitarbeiter, die wir sogar ausweiten konnten, da wir zusätzlich zur Ausbildungsstätte für den allgemeinen beruflichen Nachwuchs in klinischer Pharmazie wurden.

Mit diesen Erfahrungen bereichert, konnte ich auch die inzwischen gesetzlich geforderte Versorgung von Pflege- und Seniorenheimen durch meine Apotheke realisieren. Auch hier war neben einer reinen Arzneimittellieferung die fachliche Kontrolle der für die Bewohner durch die Ärzte verschriebenen Arzneimittel gefordert, dies in Bezug auf Wechselwirkungen der für diese Patienten hohen Anzahl von zur gleichen Zeit einzunehmenden Medikamenten. Hinzu kam eine fachliche Arzneimittelschulung der Pflegekräfte.

Die Erfahrungen aus Klinik- und Heimversorgung er-

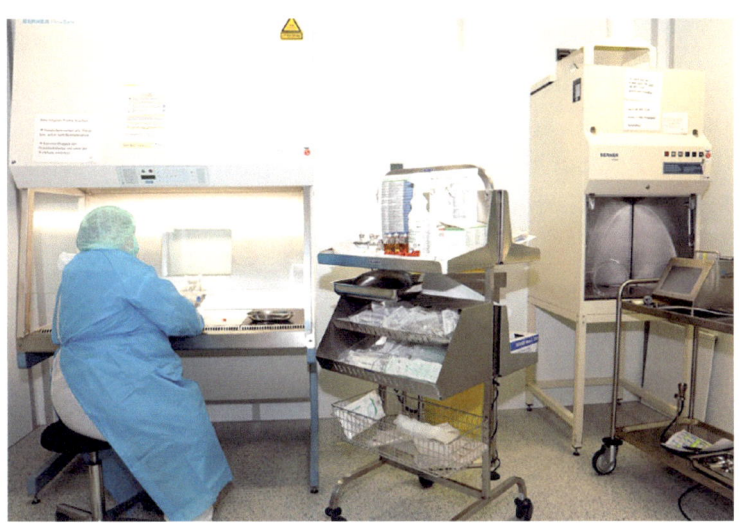

Arzneimittelherstellung im Rein-Raum (keimarm und keimfrei)

gänzte ich schließlich noch durch die Schaffung einer eigenen Abteilung für eine ambulante Versorgung im Bereich der
künstlichen Ernährung, der Stomaversorgung und Wund-
behandlung. Diese zunehmend neue Thematik galt es in der
Klinik und im ambulanten Bereich professionell mit entsprechend dafür ausgebildeten Personal zu bewältigen, das
bisher in Kliniken und Heimen auf diesem Gebiet tätig gewesen war. Dieses musste, da auf diesen Gebieten stürmische
Entwicklungen zu bewältigen waren, ständig weitergebildet
werden. Mit dieser Palette an beruflichen Möglichkeiten, die
mir der Beruf des Apothekers bot, sowie deren Umsetzung
und Visionen, war es mir schließlich auch möglich, in der
Öffentlichkeit Anspruch und Wirklichkeit meines Berufes
positiv umzusetzen, wenn man es denn wollte! Schließlich
waren hierfür neben ideellen Vorstellungen Zeit und auch

materielle Risiken verbunden. Waren es zunächst primär innerberufliche Lösungen und die persönliche Berufung zu diesem Beruf, so meinte ich auch damit einen gesellschaftlichen Beitrag leisten zu können. Öffentliche Vorträge zu Fragen der Gesundheit, die Unterstützung von Selbsthilfegruppen, die Weitergabe dieser Berufserfahrung durch Lehrtätigkeiten an entsprechenden Fachschulen runden meiner Ansicht nach ein erfülltes Berufsleben ab.

Dabei gilt meinen Mitarbeiterinnen und Mitarbeitern an dieser Stelle ein großer Dank. Sie haben meine Ideen mitgetragen und motiviert bei deren Umsetzung geholfen.

⊤ Episode 16

Begegnungen und Umgang mit Ärzten: Eigenarten und Erwartungen

Durch ein Edikt des Kaisers Barbarossa wurde 1215 der Beruf des Arztes vom Apotheker getrennt. Seitdem sorgte der Apotheker für die Herstellung eines Arzneimittels und der Arzt für die Diagnose und den Einsatz des richtigen Arzneimittels. Heute würde man anspruchsvoll sagen:

»Der Arzt ist für die Diagnose und Behandlung und der Apotheker für den Einsatz des richtigen Arzneimittels da!«

Noch allgemeiner formuliert:

Der Arzt bestimmt den therapeutischen Weg, der Apotheker ist der helfende Begleiter auf diesem Weg!«

In der Marketingsprache wird dies mit dem Satz »Zu Risiken und Nebenwirkungen fragen sie Ihren Arzt oder Apotheker« endlich öffentlichkeitswirksam und selbstverständlich ausgedrückt.

Leider wurde und werden diese Aussagen durch ein häufig falsch verstandenes Rollenspiel auf beiden Seiten ad absurdum geführt oder auf Grund einer »Besitzstandswahrung« eifersüchtig begrenzt. In der täglichen Berufsausübung jedoch werden beide Berufe gewollt oder ungewollt zusammengeführt. Es sind Begegnungen, die rein geschäftlicher, fachlicher oder auch privater Natur sein können. Dabei ist im Laufe der Zeit die Rolle eines Apothekers in der öffentlichen Apotheke eine passiv-dienende und die des Arztes eine aktive geworden, denn er verschreibt ohne Wenn und Aber das Medikament und muß dafür auch noch bei den Krankenkassen Rechenschaft ablegen. Der Apotheker hat es schließlich ohne Kommentar oder einer fachlichen Beurteilung abzugeben. Wagt er es aus fachlich begründeten Fällen dem Patient ein Alternativpräparat abzugeben, wird er von den Krankenkassen zur Rechenschaft gezogen und eine entsprechende Kostenerstattung ausgeschlossen. Zusätzlich werden Wiederholungsfälle entsprechend geahndet.

Zu dieser passiven Rollenverschiebung des Apothekers haben natürlich mehrere Akteure beigetragen. Zunächst die Apotheker selbst, da diese häufig das möglichst unauffällige gute Geschäft sahen und mit ihrer rein dienenden Funktion zufrieden waren. Häufig wurde dieses durch eine gewisse Unterwürfigkeit dem Arzt gegenüber noch konterkariert.

Die Ärzte selbst beschränkten ihre Kontakte häufig auf den Bezug preiswerter Ware. Eine eventuelle fachliche Kommentierung von verordneten Arzneimitteln war nicht erwünscht. Sie könnte aber sehr zum Nutzen des Patienten sein! Was für vertane Möglichkeiten. Im Volksmund würde man sagen: »Doppelter Boden hält länger und besser!«

Hinzu kam die zunehmende Einflussnahme der Pharmaindustrie auf die Ärzte. Vertreter mit auswendig gelerntem Wissen, später Pharmareferenten genannt, besorgten das Geschäft in materieller und zunehmend auch fachlicher Weise hinter einer pseudomedizinischen Fassade, bestückt mit entsprechenden Hochglanzprospekten. Mengen an Ärztemustern zur kostenlosen Abgabe an Patienten, um Regresszahlungen zu minimieren, waren ein probates Mittel und damit für die Pharmaindustrie ein blühendes Geschäft. Natürlich war es der Sinn solcher Ärztebesuche, neben persönlichen Kontakten für den Einsatz der so beworbenen Präparate in der Verordnung auf Rezept zu sorgen. Gesponserte Ärztekongresse und Fortbildungsreisen in Urlaubsregionen zur ärztlichen Fortbildung steuerten das Geschäft und rundeten es schließlich ab. Ja, es ergaben sich dadurch auch häufig sehr enge Kontakte. Sprechstundenhilfen als freundliches Bindeglied waren da auch nicht immer zu verachten.

Interessant ist dabei ein persönliches Erlebnis anlässlich der Vorstellung eines neuen Präparates, bei der ich zufällig teilnehmen durfte.

Bei der Einführung eines neuen Rheumamittels durch eine Pharmafirma in einem Luxushotel in Berlin mit geladenen Experten durfte ich als Apotheker durch einen Zufall dabei sein. Man hatte uns dafür nicht auf dem Schirm gehabt, da die Ärzte allein über den Einsatz des neuen Mittels entschieden. Dabei übersah man aber, dass Klinikapotheker sehr wohl fachlich und schließlich auch wirtschaftlich über den Einsatz neuer Arzneimittel in der Klinik mitentscheiden. Man war dann seitens der anwesenden Pharmareferenten dieser Firma verwundert, dass ich als Apotheker über die Historie der Rheumatherapie und die neuesten Entwicklungen Bescheid wusste und sogar aktiv an der Diskussion teilnahm.

Man war seitens der Industrie eigentlich darauf bedacht, dieses Verhältnis nicht durch einen Dritten, dem Apotheker, stören zu lassen. Es galt, diesen Störfaktor nach Möglichkeit zu umgehen. Der für Arzneimittelwirkung und die entsprechende Anwendung am Patienten fachlich prädestinierte Apotheker, der dafür eine universitäre Ausbildung hat, wurde damit zum willenlosen Vollstrecker ohne jegliche Beteiligung an diesem Verfahren und die Krankenkassen sahen diesem Spiel lange tatenlos zu. Vergeudung von bestehenden Ressourcen nennt man so etwas!

Dabei ist die Rolle der Krankenkassen nicht zu unterschätzen. Diese spielen offiziell den Helfer des Patienten und verfolgen angeblich nur sein bestes Wohl. Dafür mischen sie sich zum Teil in fachlich unverantwortlicher Weise in die Therapiehoheit des Arztes ein und degradieren den Apotheker zu ihrem Erfüllungsgehilfen. Damit wird die Sorge für das Wohl des Patienten zwar vorgespielt, in Wirklichkeit geht es dabei immer um das Ziel, koste es, was es wolle, Geld einzusparen.

Auf Grund der wissenschaftlichen Ausbildung beider Berufe sollte die aktuelle Devise lauten: Der Arzt ist für Diagnose und Therapie zuständig, der Apotheker für den Einsatz des richtigen Arzneimittels verantwortlich! Dieses Rollenspiel wird erfolgreich in den Kliniken realisiert. Man spricht dort von Pharmakoökonomie und dafür ist der Apotheker zuständig. Diese Vorgehensweise konnte ich im klinischen Alltag erfolgreich umsetzen. So konnten wir im respektvollen Umgang mit den Ärzten, der Pflege und der Verwaltung den Arzneimitteleinsatz rationell standardisieren und wirtschaftlich zum Wohle des Patienten gestalten. War dieses

Verhältnis von Arzt und Apotheker in den Kliniken selbstverständlich und sogar von den Krankenkassen gewollt, sah dies im öffentlichen Bereich leider anders aus.

Mit meinem Eintritt in den Apothekerberuf lernte ich eine gewisse Unterwürfigkeit des Apothekers gegenüber den »Herren-Göttern in Weiß« kennen. Die passive Rolle des Apothekers, in der er die Verordnung eines Arzneimittels ohne ein aktives Zutun ausführt und die Kasse zunächst selbstverständlich zahlt, war lange das gewohnte Spiel. Danach erfolgte die Prüfung auf Wirtschaftlichkeit einer ärztlichen Verordnung mit Hilfe eines ärztlichen Selbstorganes, der KV. Bei Überschreitung eines dafür vorgegebenen Budgets erfolgten Regressforderungen an den Arzt.

Diese Prüfverfahren wurden zum Teil von Ärzten anderer Fachrichtungen und nach vergleichenden Kriterien einer mengenmäßigen Verordnungsweise in der zugehörigen Facharztgruppe vorgenommen. Das heißt, eine individuelle Therapie nach den Erfahrungen des einzelnen Arztes war nur begrenzt möglich. In dem im Volksmund geläufigen Ausdruck »Kassenarzt« fand diese von mir empfundene Erniedrigung dieses Berufes seinen bezeichnenden Niederschlag. Zusätzlich fungieren die Krankenkassen als »fachliche Berater« bei Ärzten, die durch unwirtschaftliche Verordnungen auffällig geworden sind.

Der heute in der Werbung zu hörende Spruch »Zu Risiken und Nebenwirkungen fragen Sie Ihren Arzt oder Apotheker« scheint in der Öffentlichkeit das eigentliche Rollenspiel zurechtzurücken. Doch haben es die Krankenkassen auch verstanden und mögen das die Ärzte? Zumindest ist damit die eigentliche Rolle des Apothekers in unserer heutigen

Gesellschaft anerkannt und berechtigt. Zeigt es doch die eigentliche Rollenverteilung beider Berufe auf, die bei einer entsprechenden Nutzung durch den Gesetzgeber und besonders die Krankenkassen zum Wohle des Patienten Sinn machen würde. Dafür bedarf es natürlich entsprechender Qualitätsanforderungen und deren Kontrolle für eine reale Umsetzung. Hier muss der Apotheker liefern und eine neue Rolle im Gesundheitswesen einnehmen. Dieses wird nicht einfach sein, aber man muss sich dann auch ehrlich machen.

Leider haben viele Apotheker selbst zu dieser Situation beigetragen. So interessierten sich nicht wenige in erster Linie nur für ein möglichst gutes Geschäft und die Ärzte sehen im Apotheker eine preiswerte Bezugsquelle von Arzneimitteln und Kosmetika. Fachlich notwendige Zusammenarbeit? Weit gefehlt!

⊙ Episode 17

Mehr als nur ein Apotheker: Ist das alles? Gab es da noch etwas?

Eintritt in die Standespolitik

Hatte ich nunmehr alle Facetten von Möglichkeiten, meinen Beruf auszufüllen, realisiert, Erfahrungen im Umgang mit den verschiedensten Menschen in Beruf und Gesellschaft gesammelt sowie viel über deren Probleme erfahren dürfen, musste es mehr sein! Mich nur im engen örtlichen Sprengel zu betätigen, war mir einfach zu wenig. Ich wollte über den täglichen Tellerrand in Beruf und Gesellschaft hinausschauen. Eine geistige Isolation und Ichbezogenheit, eine eventuell nur kaufmännisch-merkantile Tätigkeit für eine rein materielle Befriedigung im Sinne einer Krämerseele für mich war nicht zielführend.

Die Gesellschaft und auch die Politik braucht Menschen, die aus einem Beruf und der Praxis kommen und aus diesem Blickwinkel etwas bewegen können. So interessierte ich mich sehr früh für die sogenannte Standespolitik. Diese wird leider in der Öffentlichkeit als Lobby-Politik diskreditiert. In Wahrheit ist es eine notwendige Interessenvertretung in einer pluralistischen Gesellschaft, bei der fachliche Gegebenheiten in politische Entscheidungen einbezogen werden. Sie ist für Politiker wichtig, da diese ja schon einmal darüber Bescheid wissen sollten, über was sie da urteilen. Da es allerdings in diesem Bereich auch Übertreibungen und leider so manche Vorteilsnahme gibt, ist diese Arbeitsweise in der Öffentlichkeit in Misskredit gekommen. Gibt es aber andere Lösungen, wenn ein Politiker über Dinge entscheiden muss, für die er nicht vom Fach ist?

So war es meine Triebfeder, das Berufsbild des Apothekers weiterzuentwickeln helfen, es den aktuellen Anforderungen in der Gesundheitspolitik anzupassen und dieses entsprechend zu fordern. Dafür bedurfte es Gespräche mit verantwortlichen Politikern. Diese als Lobbyarbeit bezeichnen kann nur jemand, der über die Mechanismen in einer Demokratie schlecht informiert ist.

Keine leichte Aufgabe! Denn diese musste mit Motivation und Bewusstsein geschehen. Umso mehr, als der Apothekerberuf häufig sehr einseitig und auf seine Vergangenheit bezogen gesehen wird. So galt es, dafür dicke Bretter zu bohren, da Widerstände selbst aus den eigenen Reihen, der Öffentlichkeit und von den Krankenkassen vorprogrammiert waren. Es gab sie von altetablierten und am bisherigen Berufsbild festhaltenden Kollegen gegen jegliche Neuerungen. Dies waren besonders solche, die beharrlich auf ihren erworbenen Pfründen saßen und damit die Zukunft des Berufes verschliefen!

Es gelang mir, zusammen mit gleichgesinnten Kolleginnen und Kollegen über Delegiertenversammlungen in die Vorstände von Apothekerkammer und -verein gewählt zu werden. Hier konnten wir viele unserer weit reichenden Visionen nicht nur in die Öffentlichkeit transformieren, sondern auch Veränderungen erreichen.

⊙ Episode 18

Die Rolle der Krankenkassen

Die Krankenkassen waren bei vielen unserer Anliegen ein harter Brocken des Widerstandes. Ja, so manches Mal wurde ich den Verdacht nicht los, dass die Abschaffung unseres Berufes ihr erstrebenswertestes Ziel war und auch weiter ist. Auf jeden Vorschlag unsererseits, in eine sinnvolle Arzneimitteltherapie und Gesundheitsprävention integriert zu werden, erhielten wir nur frustrierende Ablehnung. Man hatte sogar Angst, dass diese eventuell durch eine entsprechende Honorierung zu viel Geld kosten könnten.

Wirft man sogenannten Standesvertretungen Lobbyismus vor, so war für mich immer interessant zu beobachten, wie zwischen den Mandatsträgern aus der Politik und Kassenfunktionären die Positionen und Meinungen gewechselt wurden. Heute ist man zum Beispiel Direktor bei der Krankenkasse, morgen Staatssekretär im Sozialministerium und umgekehrt. Heute ist man bei der Krankenkasse in gehobener Position tätig, morgen an führender Stelle in der forschenden Pharmaindustrie, die man vorher mit allen Mitteln bekämpft hat und deren Interessen man nun vehement vertritt. Oder noch besser: Heute als Staatssekretär die Planwirtschaft im Gesundheitswesen predigen und sich morgen als Manager in der Pharmaindustrie jegliche Einmischung seitens der Politik verbitten, das ist an Dreistigkeit nicht mehr zu überbieten. Selbst aus Kollegenkreisen gibt es hierfür ein Beispiel: Nach Beendigung des Pharmaziestudiums geht man, ohne jegliche Beziehung zur Praxis oder in einer Apotheke nennenswert tätig gewesen zu sein, in die Dienste einer Krankenkasse und macht den an der »Front« tätigen Medizinern und Apothekern Behandlungsvorschriften. Böswillige Zeitgenossen würden so etwas im Vergleich zur freien Wirtschaft auch als Lobbyismus bezeichnen. Die selbst erlebte Krönung: Zur Einführung einer neuen Wundversorgung, die zunächst teuer, aber wirkungsvoll war und heute zum Standard geworden ist, ruft ein Kassenfunktionär einen gestandenen und erfahrenen Chirurgen an und fordert diesen zu einem, aus seiner Bürokratensicht vom Schreibtisch her gesehen, Vorschlag zu einer billigeren Alternative auf. Böswillig kann man sagen: So kann man auch jeden Fortschritt in der Therapie verhindern.

Allerdings muss man zur Ehre der Krankenkassen auch sagen, dass sie damit auch sogenannte Scheinerneuerungen von Arzneimitteln, die in Wirklichkeit mit keinem besseren Nutzen, aber höheren Preisen in Umlauf kamen, verhinderten. Das ist ein eklatantes Beispiel für Unglaubwürdigkeit in diesem Gesellschaftsspiel. Mit diesem Rotationsbetrieb sind die Ergebnisse immer vorprogrammiert.

Die Krankenkassen wurden ursprünglich als Solidargemeinschaft geschaffen, die im Ernstfall einer Erkrankung eintritt. Sie entwickelten sich zunehmend unter der Prämisse einer wirtschaftlichen Versorgung im gesamten Medizinbereich zu einer Institution, die über allem steht. Zunächst waren es reine Verwaltungsbeamte, dann kamen selbstentwickelte Experten unter Zuhilfenahme von Wissenschaftlern aus Medizin und Pharmazie hinzu und abgerundet wurde das mit Juristen. Daraus entwickelte sich ein Apparat, der heute für alle im Gesundheitswesen Tätigen das letzte Wort hat und es auch spricht! Mit der Werbung »Für den Patienten immer nur das Beste! Wir sind sein Fürsprecher in allen Fragen der Gesundheit und Vorsorge« lässt sich gut bei jeglichem Widerspruch von außen leben.

Ich verhehle nicht, dass auf Grund früherer Auswüchse im Medizinbetrieb Handlungsbedarf für Veränderungen bestanden hat und man gegenüber vorgetäuschten Neuerungen der Pharmaindustrie in Wirklichkeit ein raffiniertes Marketingwesen betrieb, dem Einhalt geboten werden musste. Das berechtigt aber nicht dazu, unter welchem Aspekt auch immer im Gesundheitswesen arbeitende Menschen fachlich zu bevormunden und diese unter dem Motto »Kostenbremse« zu willfährigen Handlangern zu degradieren. Dieses führt häufig zu Frust in der Berufsausübung, von einer Partnerschaft ist da nichts mehr zu spüren. In jedem Falle war ich zum stillen Beobachter eines funktionierenden Netzwerkes geworden, das mich jedoch wegen der Aussichtslosigkeit eines ehrlichen Tuns immer abgestoßen hat. Der Spruch »Den Ehrlichen bestraft das Leben« zeigte bei diesem Treiben und Wechselspiel seine tatsächliche Fratze. Dabei sollte meiner Ansicht nach auch heute noch eher der alte Spruch »Schuster, bleib bei deinem Leisten!« für die ausufernden Aktivitäten der Krankenkassen gelten! Schließlich ist der Apothekerstand ja in seinem Berufsbild nicht in der Zeit stehen geblieben. In von den Berufsorganisationen gegründeten Akademien wird eine aktuelle pharmazeutische Fortbildung nicht nur angeboten, sondern auch von der Mehrzahl der Apothekerinnen und Apotheker aktiv wahrgenommen und auch vor Ort umgesetzt.

Damit steht auch ein Angebot an die Krankenkassen, dass auch Apotheker präventiv und therapeutisch in der Arzneimittelversorgung und Gesundheitsvorsorge in unserer Gesellschaft tätig sein können.

Warum nehmen die Krankenkassen dieses nicht an?

Ist es eine Kostenfrage oder fühlt man sich dadurch in eigenen Aktivitäten im Sinne der sogenannten Solidargemeinschaft fachlich und in einer selbst vorgegebenen Deutungshoheit im Gesundheitswesen eingeengt?

ⓨ Episode 19

Ist das alles?

Einstieg in die Kommunalpolitik

Vereine

Meine Herkunft als SBZ-Flüchtling, so nannte man die aus der DDR geflüchteten Menschen in Verwaltung und Bürokratie, prägte mich auch als ein politischer Mensch. Auf Grund der von mir im Osten und Westen Deutschlands gemachten Erfahrungen interessierte ich mich früh für die politische Entwicklung, begrüßte die klare Haltung in der noch jungen Bundesrepublik gegenüber dem Kommunismus und die Idee einer sozialen Marktwirtschaft. Da diese Positionen von der CDU eingenommen und auch vehement vertreten wurden, trat ich in diese Partei nach Jahren der Sympathie als einfaches Mitglied ein.

Im Rahmen von Gebietsreformen wurde das Dorf Lieblos in Hessen, in dem ich mir meine Existenz aufgebaut hatte und mich als Stadtkind nun auf dem Land zunehmend mit meiner Familie wohlfühlte, Ortsteil der Großgemeinde Gründau. Dieses dörfliche Leben mit seiner Gemeinschaft und den Vereinen als gesellschaftlichem Gerüst und Bindeglied war für mich als Städter neu und beeindruckend. So wurde unter anderem die Freiwillige Feuerwehr zu einem Bestandteil meines Lebens.

Einsatz für in Not gekommene Menschen, Pflichterfüllung im Ehrenamt und Kameradschaft innerhalb der Truppe, das war und ist es, was mich bis heute fasziniert. Neben verschiedenen dafür zu absolvierenden Lehrgängen zur Ausübung dieser oft gefahrvollen Tätigkeit wurde ich der Fachmann für Gefahrstoffe, da wir zunehmend nicht nur Brände, sondern auch Hilfe im Zusammenhang mit Gefahrstoffen im Straßenverkehr leisten mussten. Beeindruckend war für mich auch die Zusammensetzung der aktiven Kameraden vom einfachen Arbeiter bis zum Akademiker und die Kameradschaft untereinander.

So ganz nebenbei gründeten wir als Feuerwehrleute noch einen Karnevalsverein, in dem ich aktiv im Elferrat, als Sitzungspräsident und im Männerballett mitwirkte. Mainz und die dort erlebten Stunden im Fasching lassen grüßen! Aus Spaß an der Freud, wie es in Mainz heißt, setzte ich eine dort gelebte Nebenwirkung meiner Studentenzeit an meinem neuen Wirkungsort um. Ernst und Spaß in einem Verein, das war ein wunderbares Hobby, das ich nun zur Entspannung gefunden hatte.

Durch weitere Aktivitäten in anderen Vereinen wurde ich zum Mitinitiator von Festen wie dem Blütenfest, dem Christkindlmarkt, zu Jubiläen des Ortes und ein jährlich stattfindendes Erntedankfest.

Durch diese vielen Aktivitäten in meiner »Freizeit« wurde ich schließlich angesprochen, auch in der Kommunalpolitik »mitzumischen«. Nach langer Überlegungszeit sagte ich zu, wurde in verschiedene Gremien der Großgemeinde mit 14 000 Einwohnern gewählt und war dann 24 Jahre lang Vorsitzender der CDU-Fraktion im Gemeindeparlament mit all den dafür notwendigen Aktivitäten. Die anfänglichen Bedenken, sich parteipolitisch festzulegen und damit geschäftliche Nachteile zu erfahren, trieben mich eine Weile um. Sie stellten sich zum Glück nicht ein. Man kannte sich auf dem Dorf parteiübergreifend persönlich und pflegte, bis auf einige Extremisten, die es unter den Anhängern aller Parteien gibt, immer einen menschlichen Umgang untereinander. Schließlich war man häufig sogar befreundet, manchmal auch durch Familienbindungen verwandt.

Wie es denn so in der Politik ist, wird man bei einer verantwortlichen Tätigkeit und deren Anerkennung durch die Bürgerinnen und Bürger bei Wahlen für die höhere Ebene auserkoren und vorgeschlagen. So geschah es, dass ich in unseren zuständigen Kreistag des Main-Kinzig-Kreises gewählt wurde, dem ich zwei Legislaturen angehörte.

Auf dieser Ebene musste ich einige Erfahrungen machen. Als Selbstständiger, der sogenannte Ausfallzeiten in seiner Berufsausübung schlecht kompensieren konnte, entsteht da ein Problem. An Sitzungen im Parlament und in Ausschüssen teilzunehmen, statt im selbstständigen Beruf zu arbeiten, sind da oft ein Hindernis. Diese auf abendliche Zeiten oder Samstage zu verlegen, waren für andere Parlamentarier nicht nachvollziehbar. Durch dieses »einfache« Hindernis bedingt, habe ich erleben müssen, dass die höheren Parlamente nicht mehr die Zusammensetzung der Bevölkerung widerspiegeln können. In ihnen tummeln sich überwiegend Beamte aus verschiedenen Bereichen, Gewerkschafter und Lehrer. Es ist mehr als schade, dass es nur diese Berufe sind. Öffentlich angesprochen wurde dieser Missstand immer wieder, geändert hat sich aber bis heute nichts. Offensichtlich gibt es für viele andere Berufsgruppen aus rein zeitlichen Gründen Probleme, in Parlamenten aktiv zu sein. Selbst die häufig zu hörende Aussage: »Die da oben haben den Kontakt zur Bevölkerung verloren und verstehen uns nicht mehr«, konnte da keine Abhilfe schaffen und förderte nur noch mehr die Politikverdrossenheit auf allen politischen Ebenen.

Aber nun einmal gewählt, spezialisierte ich mich im Ausschuss für Sozialpolitik, die mich bis heute begleitet und interessiert. War es eine innere Uhr meines Berufes und seiner Motivation? Ich weiß es nicht, ich fühlte mich dazu »berufen«! Mit diesen neuen Aktivitäten legte ich dann alle Ämter in der Standespolitik nieder.

Der Weg in die Politik wurde für mich auch zu einer menschlichen Lehre. War ich mit vielen Idealen in diese neue Welt eingetreten, erlebte ich hier viele positive und negative Erfahrungen, aber auch Enttäuschungen. Die Methoden dort sind für Menschen, die wie ich durch eine naturwissenschaftliche Ausbildung geprägt sind, häufig nicht nachvollziehbar. Dass bei vielen Entscheidungen Strategie und Taktik anstelle von Fakten vorherrschen, ist gewöhnungsbedürftig. Das muss man erst einmal lernen und dabei auch nicht Tugenden wie Ehrlichkeit und Gradlinigkeit verlieren. Natürlich lernt man in diesem Geschäft auch die unterschiedlichsten menschlichen Charaktere kennen, mit denen man zusammenarbeiten muss, und erfährt, was diese in die Politik getrieben hat. Leider sind auch Falschspieler dabei und solche, die die Politik für ihre ganz persönliche Vorteilsnahme nutzen. Das mitzubekommen hat lange gedauert, mich immer abgestoßen und es wird leider immer zu spät erkannt.

So habe ich mir in meiner leitenden Funktion als Fraktionsvorsitzender in unserer Gemeindevertretung einen Spruch zu eigen gemacht: »Wenn du einen solchen Job annimmst, musst du leidensfähig sein!« Das ist wohl wahr, aber ich würde es wieder machen! Mehr Lebenserfahrung wie an einem solchen Ort kann man nicht sammeln. Menschen sind so, im Beruf, im Verein und in der Gesellschaft. Allerdings soll man sich ob solcher sogenannten Parteifreunde nicht blenden lassen und seinen Charakter an der Garderobe abgeben. Wie heißt doch der Spruch im Volksmund: »Mit Ehrlichkeit und Gradlinigkeit kommst du am weitesten!« Hiernach zu leben habe ich immer versucht und dafür so manchen Dank, aber auch viel Kritik erfahren dürfen.

◯ Episode 20

Die Familie

Hobbys

Bei der Durchsicht der bisherigen Episoden wird man die Frage stellen müssen: Hatte dieser Mensch bei seinen vielen Aktivitäten eigentlich eine Familie und auch noch Hobbys? Jawohl, das hatte er und das sage ich mit großem Stolz. So hat meine Ehefrau Gudrun als ursprüngliche Lehrerin den Beruf einer Vorexaminierten Apothekerin ergriffen und mich in meinem gesamten Berufsleben entsprechend aktiv unterstützt, aber auch so manche Entscheidung nicht nur positiv, sondern auch immer kritisch begleitet. Dafür muss ich ihr mehr als danken. Denn nebenbei führten und führen wir ein sehr glückliches Familienleben. Drei Söhne und nunmehr sieben Enkel sind das Zeichen dieses immer aktiven und harmonischen Lebens.

Die Ferien verbrachten wir mit einer für die heutige Zeit großen Familie und zeitweise zwei Boxerhunden mit einem entsprechend großen Wohnwagen auf Campingplätzen in ganz Europa. Ein großer Freundeskreis und einige Hobbys runden dieses Erlebte bis zum heutigen Tag ab.

Auf dem Dorf angekommen, stellte sich natürlich als gelebte Städter die Frage: Was machen wir denn jetzt so nebenher? Durch einen Zufall kamen wir zur ländlichen Reiterei. Es wurde unser gemeinsames großes Hobby. An freien

Abenden und Wochenenden wurde diesem gefrönt. Waren es anfänglich die Pferde eines Reitstalles in einem Verein, wurden bald eigene angeschafft, die schließlich in einem eigens errichteten Stall untergebracht und entsprechend gepflegt wurden. So begann mein tägliches Pensum vor dem Dienst in der Apotheke mit einer intensiven Arbeit bei den Pferden im Stall. Putzen, misten und füttern war jeden Tag angesagt! Man könnte sagen: Jetzt ist er auch noch ein ehrenamtlicher Bauer.

Wurden anfänglich Übungsstunden in der Reithalle absolviert, kamen alsbald Turniere in Springen und Dressur hinzu. Neben vielen Ritten im Gelände folgte sehr schnell die Teilnahme am Jagdreiten. Eine alte reiterliche reiche Tradition, die Geschicklichkeit des Reiters, Disziplin und den Umgang mit Pferden erfordert.

Dabei brachte die Reiterei auch viele gesellschaftliche Ereignisse mit sich. Diese führten zu Freundschaften und natürlich auch zu vielen Erlebnissen mit den unterschiedlichsten Menschen in der Natur und der Reithalle, die wir so nie für möglich gehalten hatten. Es war immer eine gewinnbringende Freizeitbeschäftigung. Der Umgang mit Pferden war wegen des dortigen, ganz anderen Umfeldes entspannend und erholsam.

Ganz nebenbei motivierte mich dieses Hobby auch zur Herstellung von Tierarzneimitteln und deren Anwendung.

Nachdem ich dieses Hobby aus Altersgründen mit großer Wehmut aufgegeben habe, sind ausführliche Wanderungen in den Alpen, Fahrradtouren, tägliche Spaziergänge mit dem Hund und tägliches Schwimmen angesagt.

⊙ Episode 21

Begegnungen und besondere Ereignisse

Die Wiedervereinigung unseres Landes

Ich bin bei meinen Aktivitäten und Engagements vielen Menschen begegnet, die mir wichtig waren und mit denen ich mich heute noch in Freundschaft verbunden fühle. Ganz besonders möchte ich ein Ereignis hervorheben, das der Erfüllung eines Traumes gleichzusetzen war, denn die Teilung unseres Vaterlandes mit seinen unsäglichen Folgen hat mich mein Leben lang beschäftigt und nie losgelassen.

Das nicht mehr für möglich gehaltene Ereignis der Wiedervereinigung war eines meiner beglückendsten Erlebnisse in meinem Leben. Neben der Genugtuung, dass nunmehr ein Unrechtsstaat mit seinen menschenverachtenden Methoden untergegangen war und darüber Freude aufkam, fand ich durch einen großen Zufall neue Freunde in der Lausitz. So ging meine Gemeinde durch persönliche Verbindungen mit der mir bis dahin unbekannten Stadt Neugersdorf in der Lausitz nach vielen Besuchen und daraus entstehenden Freundschaften eine Partnerschaft ein. Zunächst einander völlig unbekannt, lernten wir dort Menschen kennen, die uns bis heute sympathisch verbunden sind.

Durch das Kennenlernen eines Apothekerkollegen und seiner Familie bekam ich Einsicht in das bis dahin bestehende Apothekenwesen der DDR, das sich völlig anders als in der

BRD entwickelt hatte. Hatte sich das unsrige in Richtung Abgabe und Beratung von Arzneimitteln mit einer stark kaufmännischen Betonung entwickelt, lag der Schwerpunkt der öffentlichen Apotheke in der DDR noch stark in der Eigenherstellung von Arzneimitteln in der Apotheke. Dies hat sich aber inzwischen an die unsrige Verfahrensweise angeglichen. So hat sich nun auch hier eine Veränderung des Berufsbildes des Apothekers ergeben, der wir mit Engagement begegnen und die wir gemeinsam neu definieren müssen.

Verleihung des Bundesverdienstkreuzes

Am 28.01.2004 erhielt ich für meine Aktivitäten in Beruf und Gesellschaft das Bundesverdienstkreuz. Diese Ehrung hat mich sehr überrascht. Waren alle meine Tätigkeiten zu einer selbstverständlichen Routine geworden, so bemerkte ich mit der Verleihung einen gewissen abgelaufenen Abschnitt meines bisherigen Lebens und empfand dies als Anlass zu einem ersten eigenen Rückblick auf Vergangenes (siehe Presseauszug).

Geschätzter Gründauer Bürger

Verdienstkreuz für Claus Witte

Gründau. Am Mittwoch, 28. Januar überreicht Landrat Karl Eyerkaufer einem verdienten Gründauer Bürger im Auftrag des Bundespräsidenten das Verdienstkreuz am Bande des Verdienstordens der Bundesrepublik Deutschland. Damit wird das überragende Engagement von Claus Witte gewürdigt, der wie kein anderer sich um seine Heimatgemeinde verdient gemacht hat.

Seit 31 Jahren ist er Mitglied des Gemeindevorstandes beziehungsweise Gemeindevertretung und dabei 25 Jahre Fraktionsvorsitzender der CDU-Gründau, deren Gründungsmitglied er 1972 war. Zudem war er acht Jahre Mitglied des Kreistages Main-Kinzig und vier Jahre Mitglied des Ortsbeirates Lieblos.

Mit seinem Engagement als Fraktionsvorsitzender hat Claus Witte durch seinen persönlichen Einsatz dazu beigetragen, dass die CDU stärkste und kreativste Fraktion in der Gründauer Gemeindevertretung wurde. Tüchtige Mitbürger lud er ein, sich für Kommunalpolitik zu interessieren und als Hospitanten Fraktionsarbeit zu erleben und zu lernen.

Darüber hinaus hat er Anträge initiiert, die Gründau zu einer lebens- und liebenswerten Gemeinde werden ließen. Ein Hauptaugenmerk war ihm der Erhalt unserer Dörfer und die Aufnahme ins Dorferneuerungsprogramm des Landes Hessen, was mit Rothenbergen und Lieblos auch gelang. Als langjähriges Mitglied des Haupt- und Finanzausschusses legte er große Wert auf einen ausgeglichenen Haushalt und die Schuldenfreiheit der Gemeinde. Gleichzeitig sind niedrige kommunale Abgaben ein Gütezeichen seiner Vorstellungen eines Gemeindehaushaltes. Claus Witte zeichnet zudem die Unterstützung und Förderung der Gründauer Vereine aus.

30 Jahre ist er aktives Mitglied der Freiwilligen Feuerwehr Lieblos und erhielt dafür als Auszeichnung das silberne

Brandschutzehrenzeichen am Bande. Dazu gehört, dass er Gründungsmitglied und 25 Jahre aktives Mitglied der Karnevalsektion der Freiwilligen Feuerwehr Lieblos und seit zwei Jahren Abteilungsleiter ist.

Ohne Claus Witte hätte es keinen Weihnachtsmarkt in Lieblos gegeben, denn seit 16 Jahren ist er verantwortlicher Leiter und Initiator. Er sprach Gewerbetreibende, Vereinsvertreter, Kirchen und Privatpersonen an und konnte sie für sein Vorhaben begeistern. Mit dem Erlös einer Tombola aus gestifteten Preisen konnte in Lieblos eine Weihnachtsbeleuchtung gekauft werden. Darüber hinaus werden jährlich soziale Einrichtungen der Altenpflege oder Schulen mit namhaften Spenden aus dem Erlös des Weihnachtsmarktes bedacht.

Seit 30 Jahren ist er passives Mitglied in drei Gesangvereinen und dem Turnverein Lieblos. 19 Jahre gehört er dem Geschichtsverein Gründau an. Als Initiator, Gründungsmitglied und Vorsitzender des „Gründauer Gesundheitsforums" hat Claus Witte einen weiteren bemerkenswerten Schritt getan. Vor fünf Jahren wurde der Verein gegründet und hat durch Vortragsveranstaltungen mit namhaften Ärzten, Rechtsanwälten und Fachleuten im Bereich der Gesundheitsvorsorge auch Hilfe in Rechtsfragen gegeben.

Claus Witte erkannte sehr früh, wie wichtig es ist, durch Fachleute auf Volkskrankheiten hinzuweisen und die Risiken der Gesundheitsvorsorgung deutlich zu machen. Fast selbstverständlich war auch sein Aufruf zur Gründung von

Apotheker Claus Witte, ein bekannter und geschätzter Gründauer Bürger.

Selbsthilfegruppen (zum Beispiel Schlaganfall, Diabetes oder Stoma). Diese Gruppen treffen sich unter seiner Initiative monatlich zum Gedankenaustausch, zur Hilfe bei Schwierigkeiten oder zu gezielten Vorträgen, die ihre Krankheit betreffen. Auch hier lädt Claus Witte die Referenten ein und wirbt durch Engagement und Anzeigen für die Veranstaltungen.

Vorbildlich ist auch sein Engagement in Standesorganisation. Seit 45 Jahren ist er Mitglied und Vorsitzender einer studentischen Verbindung, acht Jahre Vorstandsmitglied der Apothekerkammer Hessen und auch Vorstandsmitglied im Apothekerverband Hessen sowie Vorstandsmitglied im Bundesverband der Krankenhaus versorgenden Apotheker.

Auch als Dozent an der Schule für pharmazeutisch, technische Assistenten in Frankfurt war er tätig und zugleich Stiftungsvorsitzender. Ebenso ist er als Dozent an den Krankenpflegeschulen in Gelnhausen und Hanau als Fachmann gefragt.

Im Jahre 1985 sollte nach einem Antrag der CDU-Fraktion mit einer Stadt oder Gemeinde der damaligen DDR eine Partnerschaft aufgebaut werden. Das DDR-Regime lehnt das ab.

Mit der politischen Wende und dem Fall der Mauer wurde dieser Weg für eine Freundschaft frei. Claus Witte setzte nun alles daran, mit der Heimatstadt eines Gründauer Gemeindevertreters und Freundes eine Freundschaft zu schließen. Unbürokratisch half er dem ortsansässigen Apotheker sein Geschäft den neuesten Anforderungen anzupassen. Seinen Sohn bildete er in der Liebloser Apotheke aus.

Auch die Mandatsträger aus Neugersdorf fanden seine volle Unterstützung. Unterweisung in der Fraktionsarbeit, die Arbeit im Parlament und die Aufgaben des Magistrats führte Claus Witte unparteiisch durch. Jungen Menschen aus Neugersdorf wurden Ausbildungsstellen vermittelt, Arbeitsplätze angeboten und bei vielen Dingen des täglichen Lebens geholfen.

Claus Witte zeichnet seine soziale Einstellung zu allen gesellschaftlichen Gruppen aus. Seine Fachkompetenz und Hilfsbereitschaft in vielen Fragen der gesundheitlichen Vorsorge und Hilfe bei Krankheiten zeichnet ihn aus. Er ist gefragter Ansprechpartner der Bürger, die mit ihren Problemen allein nicht fertig werden. Er kann zuhören und den Menschen wieder Mut machen, ihr Schicksal zu meistern.

Vorbildlich ist seine Einstellung: „Nicht nur der Pflicht in der Gesellschaft zu genügen, sondern darüber hinaus sich für die Allgemeinheit zu engagieren und Vorbild zu sein", ist Leitmotiv seines Handelns.

Bereits 1980 wurde Claus Witte mit dem Ehrenbrief des Landes Hessen ausgezeichnet.

Spendenaufruf

Ausscheiden aus dem Berufsleben

Zum 31.06.2008 schied ich im Alter von 70 Jahren aus dem aktiven Berufsleben aus. Es war ein vorauszusehendes Ereignis, aber eine unerwartete Zäsur in meinem Leben.

Vieles erahnt, vieles so nicht gedacht!

Erwartungen, Überraschungen, Vorstellungen und auch große Enttäuschungen hatten ihren Lauf genommen, die so nicht zu erwarten gewesen waren. Ein inzwischen angewachsenes Lebenswerk mit seinen vielen Varianten von öffentlicher Apotheke, Klinikversorgung, Heimversorgung, Homecare und den vielen Mitarbeiterinnen und Mitarbeitern, zu denen man im Laufe eines Berufslebens persönliche Beziehungen aufgebaut hatte, plötzlich loszulassen, war nicht einfach!

Von einer mittlerweile stark angewachsenen Belegschaft wurde ich im Rahmen einer großen Feier verabschiedet. Zugegeben, ein wenig Wehmut und Schmerz kamen dabei schon auf, besonders dadurch, dass ich merken musste, wie ich mit meinen Mitarbeiterinnen und Mitarbeitern im Laufe der Jahre verwachsen war. Als Chef nicht nur ein sachlicher Vorgesetzter gewesen zu sein, sondern als mitfühlender Mensch empfunden zu werden, hat mich dann doch ein wenig stolz gemacht.

⏀ Episode 22

Was nun?

»Vergangenheit ist Geschichte, Zukunft ist Geheimnis und jeder Augenblick ein Geschenk.«

Mit diesem Zitat tröste ich mich und es begleitet nun meine weiteren Taten. Die Zeit verstreichen lassen, reisen und Nichtstun im Wechsel war mir zu einfach! Da besann ich mich einiger Dinge, die mir im Leben wichtig waren, so nebenhergelaufen sind und vielleicht jetzt mehr Aufmerksamkeit verdienen könnten.

So betreue ich weiterhin eine der von uns gegründeten Selbsthilfegruppen, die Schlaganfall-Selbsthilfegruppe. Sie war mir neben der fachlichen Betreuung ans Herz gewachsen. Die Menschen und deren Probleme wollte ich nicht einfach so verlassen. Meine inzwischen erworbenen Kenntnisse konnte ich weiter einbringen, das erworbene Netzwerk mit Ärzten und Therapeuten fortführen und damit den Betroffenen helfen.

Die Idee von Selbsthilfegruppen hat mich immer beeindruckt. Sie konnte den Gesetzgeber und den Krankenkassen zeigen, dass die Selbsthilfe von Betroffenen in ihrem Leid ein wichtiger und zu unterstützender Baustein im Gesundheitswesen ist. Diesem kann man sich nicht entziehen, sondern man muss sich ihm stellen.

Die aktuell in der Gesellschaft angesprochene Pflege von Kranken hat eine zunehmende Bedeutung erlangt. Dafür geeignete Menschen auszubilden führte für mich zu der Erkenntnis, dass ich auch hier helfen kann. So unterrichte ich auch heute noch in den Krankenpflegeschulen die Schüler in dem Fach Arzneimittellehre.

»Die Tafel« – wie passt denn das?

> *Einem Anderen geben,*
> *was er braucht.*
> *Ein Stück Brot,*
> *ein Lächeln,*
> *ein offenes Ohr,*
> *JETZT – nicht irgendwann.*
> *Armut lindern –*
> *Lebensmittel retten*
>
> **Leit-Idee der Tafelbewegung**

Was hat ein Apotheker mit einer gemeinnützigen Hilfsorganisation wie der Tafel zu tun? Das fragt mich so mancher Weggenosse. Dabei ist meine Antwort ganz einfach: Wenn man es beruflich mit Menschen in gesundheitlicher Not zu tun hat, dann ist es auch nicht weit weg, in soziale Not geratene Menschen zu erkennen und ihnen auch zu helfen. Dies ist das Motiv für mein Handeln und so bin ich seit zehn Jahren bei der Tafel an leitender Stelle aktiv. Neben einer sozialen Komponente treibt die Tafelbewegung auch die Nachhaltigkeit. Schließlich lebt die Tafel von unserer Überschussgesellschaft, indem diese bereits im Müll gelandete und noch verzehrbare Lebensmittel verwertet. Ganz nebenbei kann ich hier auch mein im Berufsleben erworbenes Know-how in Betriebs- und Personalführung einbringen und das macht einfach Spaß!

Interessant ist dabei eine wichtige Erkenntnis. Mobile Rentner, die sich in die Gesellschaft mit ihren im Beruf gesammelten Erfahrungen einbringen, sind gefragt. Solche habe ich hier kennen und auch schätzen gelernt.

Ein solcher bin ich nun auch geworden und hoffe, dieses noch lange sein zu können!

☽ Episode 23

Schlussbemerkungen

Warum habe ich diese Episoden geschrieben?

Es gibt inzwischen so viele veröffentlichte Lebensläufe von wichtigen und sich für wichtig haltenden Personen, muss ich nun auch noch zu diesen gehören? Ich hatte Zweifel und wollte zunächst nicht auch noch meinen Beitrag hinzufügen.

Im Rückblick auf mein Lebenswerk, das mir heute, mit einem gewissen Abstand betrachtet, nun doch ein wenig umfangreich erscheint, haben mich Freunde in vielen Gesprächen aufgefordert, dieses zumindest zu dokumentieren. Diesem Wunsch bin ich hiermit gefolgt.

Dabei frage ich mich heute im Rückblick selbst: Wie hast du das eigentlich zeitlich geschafft? Angesichts der heute üblichen Aussagen von Vertretern unserer nachfolgenden Generationen, vieles nicht bewältigen zu können, das Leben als schnell und oberflächlich zu bewerten und schon bei geringsten Anforderungen Stress zu verspüren, ist das eine berechtigte Frage. Oder ist heute vieles der Bequemlichkeit und dem selbst erhaltenden Egoismus geschuldet? Dann folgt häufig die Aussage: »Bei euch war alles einfacher und ihr hattet mehr Zeit für andere Dinge.« Dieses Argumente sind für mich einfach nicht nachvollziehbar.

Ich bin kein Anhänger einer Planwirtschaft, aber man kann sein Leben, wenn man es denn will, planen! Ist das zu viel verlangt? Gerade diese Fragen und Argumente haben mich motiviert, mit den geschilderten Episoden meines Lebens zu zeigen, dass es geht.

Gab es vertane Chancen?

Ich glaube nicht. Es sei denn, ich habe welche übersehen! Würde man es mit einem Klavierspieler vergleichen, so habe ich viele Töne angeschlagen und diese zum Klingen gebracht.

Würde ich es wieder so machen?

Im Prinzip ja! Ich habe aber bei einigen Aktivitäten Glück gehabt. Diese würde ich so nicht noch einmal angehen wollen.

Würde ich den Beruf des Apothekers wieder ergreifen?

So, wie ich diesen persönlich gestalten konnte, ja!
Unter den heutigen Bedingungen der Berufsausübung in

einer öffentlichen Apotheke, eher nein. Da gibt es naheliegendere und bessere Alternativen. Es sei denn, die Fähigkeiten und Möglichkeiten des Apothekers in Prävention und Vorsorge in Fragen der Gesundheit sowie seine Anerkennung als Arzneimittelfachmann würden nicht nur anerkannt, sondern auch entsprechend honoriert. Dass so etwas möglich ist, habe ich in dem vorliegenden Buch zu zeigen versucht.

Was sind die Prüfsteine meines Lebens?

Bei allen in Beruf und Leben gemachten Erfahrungen dürfen niemals Angst, Aggressionen, Hass, Neid und Egoismus die Triebfedern des Handelns und unseres Miteinander sein! Ich habe Angst, dass diese zunehmend unser gesellschaftliches Leben bestimmen werden.

Mit meiner Autobiographie wollte ich einen Beitrag dazu leisten, zu zeigen und daran zu glauben, dass wir so etwas verhindern können. Miteinander verträglich handeln, auch sozial handeln genannt, das war immer das Ziel meines Tuns.

Dafür hat mir auch der Beruf des Apothekers Rüstzeug gegeben.

Nur der, der brennt, kann schließlich auch andere anstecken! Dafür hat mir auch der Beruf des Apothekers Rüstzeug gegeben.